共和国故事

勃勃生机

——企业改革从放权让利到全面承包

郑明武 编写

吉林出版集团股份有限公司

图书在版编目（CIP）数据

勃勃生机：企业改革从放权让利到全面承包/郑明武编. ——长春：吉林出版集团股份有限公司，2009.12

（共和国故事）

ISBN 978-7-5463-1794-6

Ⅰ.①勃… Ⅱ.①郑… Ⅲ.①纪实文学-中国-当代 Ⅳ.①I25

中国版本图书馆 CIP 数据核字（2009）第 236775 号

勃勃生机——企业改革从放权让利到全面承包
BOBO SHENGJI　　QIYE GAIGE CONG FANGQUAN RANGLI DAO QUANMIAN CHENGBAO

编写　郑明武	
责任编辑　祖航　李婷婷	
出版发行　吉林出版集团股份有限公司	
印刷　三河市嵩川印刷有限公司	
版次　2010 年 1 月第 1 版	2022 年 1 月第 8 次印刷
开本　710mm×1000mm　1/16	印张　8　字数　69 千
书号　ISBN 978-7-5463-1794-6	定价　29.80 元
社址　吉林省长春市福祉大路 5788 号	
电话　0431-81629968	
电子邮箱　tuzi8818@126.com	

版权所有　翻印必究

如有印装质量问题，请寄本社退换

前　言

自1949年10月1日中华人民共和国成立至今,新中国已走过了60年的风雨历程。历史是一面镜子,我们可以从多视角、多侧面对其进行解读。然而有一点是可以肯定的,那就是,半个多世纪以来,在中国共产党的领导下,中国的政治、经济、军事、外交、文化、教育、科技、社会、民生等领域,都发生了深刻的变化,中国人民站起来了,中华民族已屹立于世界民族之林。

60年是短暂的,但这60年带给中国的却是极不平凡的。60年的神州大地经历了沧桑巨变。从开国大典到60年国庆盛典,从经济战线上的三大战役到经济总量居世界第三位,从对农业、手工业、资本主义工商业的三大改造到社会主义市场经济体制的基本确立,从宜将剩勇追穷寇到建立了强大的国防军,从废除一切不平等条约到独立自主的和平外交政策,从"双百"方针到体制改革后的文化事业欣欣向荣,从扫除文盲到实施科教兴国战略建设新型国家,从翻身解放到实现小康社会,凡此种种,中国人民在每个领域无不留下发展的足迹,写就不朽的诗篇。

60年的时间在历史的长河中可谓沧海一粟。其间究竟发生了些什么,怎样发生的,过程怎样,结果如何,却非人人都清楚知道的。对此,亲身经历者或可鲜活如昨,但对后来者来说却可能只是一个概念，对某段历史的记忆影像或不存在，或是模糊的。基于此，为了让年轻人，特别是青少年永远铭记共和国这段不朽的历史，我们推出了这套《共和国故事》。

《共和国故事》虽为故事，但却与戏说无关，我们不过是想借助通俗、富于感染力的文字记录这段历史。在丛书的谋篇布局上，我们尽量选取各个时代具有代表性或深具普遍意义的若干事件加以叙述，使其能反映共和国发展的全景和脉络。为了使题目的设置不至于因大而空，我们着眼于每一重大历史事件的缘起、过程、结局、时间、地点、人物等，抓住点滴和些许小事，力求通透。

历史是复杂的，事态的发展因素也是多方面的。由于叙述者的视角、文化构成不同，对事件的认知或有不足，但这不会影响我们对整个历史事件的判断和思考，至于它能否清晰地表达出我们编辑这套书的本意，那只能交给读者去评判了。

这套丛书可谓是一部书写红色记忆的读物，它对于了解共和国的历史、中国共产党的英明领导和中国人民的伟大实践都是不可或缺的。同时，这套丛书又是一套普及性读物，既针对重点阅读人群，也适宜在全民中推广。相信它必将在我国开展的全民阅读活动中发挥大的作用，成为装备中小学图书馆、农家书屋、社区书屋、机关及企事业单位职工图书室、连队图书室等的重点选择对象。

编　者

2010年1月

目录

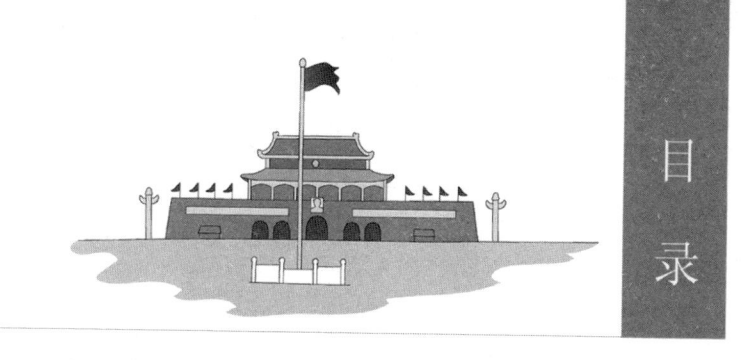

一、探索出路

邓小平提出企业要改革/002

中央决定扩大企业自主权/005

四川改革试点取得成功/009

中央确定改革具体措施/015

二、放权让利

放权让利试点取得成功/022

中央决定把改革推向全国/027

部分地区率先推行放权政策/031

放权让利政策推向全国/035

放权让利获得巨大成功/038

三、推行责任制

中央提出建立经济责任制/048

首钢率先推行经济责任制改革/051

中央颁布经济责任制文件/063

责任制给企业带来效益/066

彭真组织起草企业改革法/073

目录

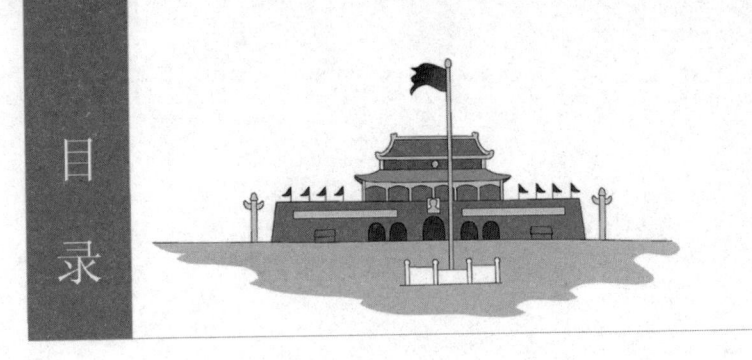

四、实施承包制

马胜利成为承包第一人/080

吉林省率先推行承包制/088

全国各地兴起承包经营热/098

实施全员抵押承包获成功/103

实行承包制造就各类人才/107

承包制给企业带来生机/112

一、探索出路

- 四川省委第一书记给大家鼓劲儿:"干好了,闯出条路子;干不好,我做检查。"

邓小平提出企业要改革

1978年，这是在新中国历史上非常关键的一年。此时，在神州大地上的各行各业，都在渴望着一个字，那就是"变"。

从1949年新中国成立起，经过3年恢复和第一个五年计划的建设，以及对农业、手工业和资本主义工商业的社会主义改造，到1957年，我国初步建立了以国有制和集体所有制经济为基础的计划经济体制。

这种高度集权式的计划经济管理体制的建立，在很多方面借鉴了苏联的经验。更主要的，它是从新中国成立初期我们所面临的严峻的政治经济形势出发的。

当时，这种经济体制的建立对于集中全国有限的财力、物力，迅速恢复凋敝的国民经济，抑制通货膨胀和物价飞涨等局面，起了极为重要的作用。

同时，在当时的情况下，这一体制的建立是最大限度地积累资金，进行大规模经济建设的最有效的方法。

我国正是在这一时期完成了统一财经，以及对农业、手工业和资本主义工商业的社会主义改造等任务，并通过粮食的统购统销等措施，顺利地展开了第一个五年计划的大规模经济建设，为建立完整的工业体系奠定了初步的基础。

然而，随着经济建设的不断发展，这种体制的问题和弊端就日益暴露出来了。

在这种经济体制下，全国的经济活动都纳入中央的计划，人、财、物和产、供、销都由中央各有关部门统管，地方和企业几乎没有任何自主权，这既阻碍了生产力的发展，又助长了严重的官僚主义。

此后，虽然国家又对经济体制改革进行过几次尝试，但大都是在"放权"与"收权"的范围转圈，要么由中央管，要么由地方管，要么双重管，生产力的发展依然受到极大限制。

1975年，邓小平复出后，开始主持中央工作。在毛泽东和中央其他领导人的支持和帮助下，邓小平抓住时机，大刀阔斧地开始对各方面的工作进行整顿。

在此次整顿中，围绕解放和发展生产力，实现社会主义现代化这一中心，邓小平明确提出：

> 要对企业在责任制等体制方面的问题进行整顿，进行改革。

经过全党上下的共同努力，这次整顿对于发展生产力，促进经济建设，产生了巨大的推动作用，实际成为后来的全面改革的先导。

邓小平在整顿中提出的要对经济体制进行改革，要实行对外开放等思想以及一系列的相应措施，成为党的十一届三中全会提出和实行改革开放的一次预演和尝试。

1976年以后，我们党开始逐步着手进行社会主义现代化建设。在此情况下，党中央也开始了对改革开放方针的探索和酝酿。

1978年9月，主持国务院日常工作的李先念在国务院务虚会上的讲话中明确提出：

> 要勇敢地改革一切不适应生产力发展的生产关系，不适应经济基础要求的上层建筑。为了适应四个现代化的需要，应该改革计划体制、财政体制、物资体制、企业管理体制和内外贸体制，建立起现代化的经济组织、科研组织、教育组织和管理制度。

中央决定扩大企业自主权

1978年10月11日,中华全国总工会第九次全国代表大会在北京隆重召开。在此次会上,邓小平代表中共中央、国务院向大会致辞。

邓小平在致辞中说:

> 进行社会主义的现代化建设是一场革命。这场革命既然要大幅度地改变目前落后的生产力,就必然要多方面地改变生产关系,改变上层建筑,改变工农业企业的管理方式和国家对工农业企业的管理方式,使之适应于现代化大经济的需要。

在提交给于1978年11月召开的中央工作会议讨论的《1979—1980年国民经济计划安排》中,此次会议对经济战线提出了必须实行三个转变的要求。

其中,第二个转变,就是要从那种不计经济效果,不讲工作效率的官僚主义的管理制度和管理方法,转到按照经济规律办事,把民主和集中很好地结合起来的科学管理的轨道上来。

1978年12月18日至22日,中国共产党第十一届中央委员会第三次全体会议在北京举行。

出席会议的有中央委员 169 名,候补中央委员 112 名,中央及地方有关部门的负责人列席了会议。

此次会议是具有重大转折意义的一次会议,全会的中心议题是讨论把全党的工作重点转移到社会主义现代化建设上来。

关于改革的主要目标,参加会议的多数同志认为,必须改革现行的计划经济体制。因为计划是龙头,它不改革,别的体制就不好改。

还有的同志说:"现在的计划体制统得过死,用行政办法管理企业,不讲经济核算,不计经济效果,吃'大锅饭'。管理体制也不合理,制度烦琐,不能调动各方面的积极性,也提不高办事效率,严重阻碍着经济的发展,必须下决心改革。"

改革究竟从何处着手呢?许多同志提出:首先应扩大企业的自主权。现在企业普遍反映苦得很,负担太重,精力分散,权力太小,办事困难。

有的同志感慨地说:"是啊,现在 1 万元以上的建设项目,都得经过上级管理部门的批准,这怎么能有积极性呢?应当按照改革的精神,尽快下放经济管理权,减少层次,简化手续,扩大企业自主权,充分调动和发挥企业的积极性和主动性。这是体制改革的关键。"

还有的同志认为,现在一方面是计划管得过细、统得过死,另一方面又存在着相当严重的分散主义、无政府主义，因此，在下放权力的时候，必须注意克服分散主义倾向，该放的放，该管的要管住。计划管理不能没有，关键是要符合经济规律。

有的同志提出更加详细的建议说："管理体制的改革可以分两步走。第一步，一方面扩大企业权力，使企业的领导和职工在关心自身利益的同时，也关心自己工厂的产品，即不仅关心自己的福利，而且关心企业的积累，关心企业为国家提供更多的利润。另一方面，使各省、市、区都能有必要的物质条件。第二步，按照方便生产、按照经济规律办事的原则，经过充分的调查研究，总结历史经验，参考其他国家的经验，进行我国的经济管理体制的改革。"

在此基础上，邓小平根据我国社会主义建设的经验教训，比较详细地提出了进行以城市为中心的全面经济体制改革的初步构想。

十一届三中全会上的这些建议和设想，成为我们党实施改革开放战略、进行经济体制改革的重要依据。尤其是此次会议上提出的给国企放权的思想，为以后的国企改革提供了重要依据。

1979年4月，根据十一届三中全会提倡的改革精神，中共中央召开了中央工作会议。此次会议对我国经济体制改革的方向、步骤进行了原则规定。

会议确定：

鉴于在最近几年内，国民经济将以调整为中心，城市改革只能在局部领域进行，认真调查研究，搞好试点。

改革的重点是扩大企业自主权，增强企业活力，实行严格的经济核算，认真执行按劳分配的原则，把企业经营好坏同职工的物质利益挂起钩来。

要划分中央和地方的管理权限，在中央统一领导下，调动地方管理经济的积极性。对行政机构要实行精简，更好地运用经济手段来管理经济。要在整个国民经济中，以计划经济为主，同时充分重视市场调节的作用。

会后，国务院财政经济委员会成立了经济体制改革研究小组，组织了一批经济理论工作者和实际工作者，专门调查研究经济体制改革问题，负责提出有关改革的方案。

就这样，城市经济体制改革就以扩大企业的自主权为内容，逐步地在局部范围内开展起来了。

四川改革试点取得成功

1978 年 7 月至 9 月，国内很多经济学家纷纷呼吁，我国经济工作要尊重价值规律、引入市场机制，应该赋予企业必要的独立地位。

1978 年 10 月，在中央对改革日益认同和各界的一致要求下，四川省委对四川化工厂、成都无缝钢管厂、宁江机床厂等 6 家企业实行放权让利，给予企业更多的生产经营权。

四川省放权让利的具体做法包括：

> 给企业定一个增产增收的目标，允许企业实现目标后，提取少量利润留成，可给职工发放奖金。

这种做法在实行 3 个月后收到了较好的效果，调动了企业和职工的积极性。

1979 年，宁江机床厂计划生产机床 314 台，物资部门分配时，只有 50% 的产品有销路，其余找不到需要单位，于是通知该厂削减指标。

实行改革试点后，宁江机床厂上下的积极性都被调动了起来。

1979年6月25日，宁江机床厂在《人民日报》上登出"承接国内外用户直接订货"的广告，结果订户盈门，销路大开，相继签订国内外合同1000多台，超过计划3倍。

同时，四川宁江机床厂广告一登，给国内同类厂家带来了巨大压力，宁江厂生产的7毫米的自动车床具有高生产率、高精度和加工稳定、操作简便等特点，出厂价9500元。这促使上海、辽宁、杭州、西安等地厂家不得不降价。

当时，西安一个机床厂因降价亏本而无法继续生产。宁江厂广告一登，杭州一个仪表设备厂订户要求退货，弄得这个厂无法维持，只得发动职工去推销，生产的成品销完就关门不干了。上海第十一机床厂也承认比不上宁江厂，准备转产。

四川宁江机床厂获得自行销售产品权后，4个月便承接了国内外订货1400台机床。该厂1981年资金利润率比1979年增长77%，劳动生产率增长377%。

宁江机床厂的成功再次证明了企业改革的必要性。

党的十一届三中全会的召开，为四川省扩大企业自主权的探索指明了方向，提供了理论和政策的依据。

1979年初，四川省根据党的十一届三中全会精神，在总结了6个试点企业经验的基础上，经过调查讨论，制定了《关于扩大企业权力，加快生产建设步伐的试点意见》，简称《十四条》。

《十四条》的主要内容是首先在分配方面突破，给企业一定的活力。具体办法是：

企业在全面完成了国家下达的各项技术经济年度计划指标和供货合同的条件下，可从计划利润中提取一部分利润作为企业基金，最多可达5%；在完成产量、品种、质量、利润四项指标和供货合同的条件下，可按计划利润的3%提取企业基金。

在此基础上，其他指标每多完成一项，增提5%；没有完成四项指标和供货合同的不能提取企业基金。另外，还可从超额利润中提取15%至25%的企业基金，用企业基金进行扩大再生产获得的利润，两年内不上缴，企业还有权多提留固定资产折旧基金，由过去40%提高到60%，主要用于挖潜、革新、改造……

在劳动工资管理和人事管理方面，《十四条》规定：

凡是完成国家下达的技术经济指标和供货合同的企业，可按照职工标准工资总额提取10%至20%的奖金；只完成产量、质量、消耗、利润和供货合同的企业，可提取8%至10%的奖金。

此外，企业还可以根据超额完成主要技术经济指标的多少提取超额奖金，超额奖不超过职工标准工资总额的5%，得奖人员包括厂长、党委书记等领导干部。

对于那些由于玩忽职守等主观原因，给国家造成损失的职工（包括厂长、党委书记等企业领导干部），企业可以视损失轻重，给予警告、记过、扣工资、撤职、开除等处分。

……

企业中层及其以下干部由企业党委任免，不再报批，企业可以自由向社会招收工人，推行劳动合同制。

《十四条》把国家、集体、个人三者利益结合了起来，并且决定扩大范围，在100家企业中进行扩权试点。

四川的扩权试点得到了企业的热烈响应，四川省委第一书记给大家鼓劲儿："干好了，闯出条路子；干不好，我做检查。"

有了省委第一书记的支持，四川全省国企改革的胆子都大了起来。

一时间，四川很多国营企业都动了起来。

当时，四川有一家食品厂，因没有自主经营权，从厂子到个人，大家都没有干劲儿，企业连年亏损。

《十四条》颁布后，该食品厂的面貌发生了很大的变化。厂领导在政策的激励下，带领大家积极为厂里做了发展规划，并制定了新的工人的工资标准和奖励办法。

在新的奖励办法推动下，全厂工人一扫以前磨洋工的恶习，开始干劲儿十足地忙起了生产。

当年底，该厂不仅扭亏为盈，还历史性地盈利了十几万元。面对改革取得的成就，该厂厂长说："企业有了自主权就是好啊。"

这些试点企业之所以能在短期内发生较大的变化，主要原因是通过企业扩权试点，允许企业自产自销一部分产品和实行利润留成，为企业创造了一定的独立经营和自主发展的条件。

由于企业经营的好坏直接同利润留成挂钩，这就促使企业积极改善经营管理，努力把生产和销售等环节搞活。

重庆中南橡胶厂，1979年国家下达的产值计划只有4200万元，比1978年减少34%。

面对这种情况，重庆中南橡胶厂派人分赴4个省、2个市、5个专区的154个重点企业、单位进行市场调查，接揽任务。很快，他们就在国家计划之外签订供货合同324万元，承接来料加工2103万元，使工厂从"吃不饱"变成"吃不了"，结果当年完成的工业总产值达到6627万元，比1978年增长39.7%，利润增长1倍。

同时，通过企业扩权试点，橡胶厂也为企业进行技术改造、提高企业技术素质打开了一条新路。

由于《十四条》给企业留有一定的利润，重庆中南橡胶厂有了自有资金，可以用于技术改造。特别是"十四条"明确规定企业用自有资金进行技术改造所增收的这部分利润，在两年内不上缴，可以由企业继续用于发展生产，因而大大调动了企业搞技术改造的积极性。

据对重庆第二针织厂、重庆第三印刷厂等10个扩权企业的调查统计，在1979年至1981年的3年中，它们用企业自有资金改造和新增的设备，相当于1978年末固定资产原值的50%。

其中，重庆第二针织厂用自有资金282万元更新改造了20世纪30年代至50年代的陈旧设备，使全厂40%以上的设备达到了20世纪70年代的水平，扩权3年的税利总额达到1800多万元，比扩权前3年的税利总额增长了66.73%。

四川省的这些试点为中央决策和在全国推行企业扩权试点提供了有益的经验。

在四川进行国企改革试点的同时，其他省市（如云南省、广西柳州等地）也仿效四川开始扩权试点。

中央确定改革具体措施

1979年初,国内各界纷纷呼吁,要对企业进行改革。

当时,《人民日报》专门发表社论,明确提出:改革的"当务之急是扩大企业的自主权"。

同时,许多经济学家都对这项改革寄予希望。经济学家廖季立认为,改革的中心是围绕扩大企业自主权,来调整生产关系和上层建筑。

周叔莲、吴敬琏、汪海波等人提出,关键是必须使社会主义企业自动化,时时刻刻发挥企业的主动性,首先必须承认在经济利益上的独立性。

与理论界的呼吁相呼应,四川、云南等地企业改革试点的成功也给中央作出决策提供了重要经验。在这种环境下,中央加快了对企业改革的推动工作。

1979年初,李先念找时任国家经济委员会(简称国家经委)副主任的袁宝华谈,要求国家经委认真研究扩大企业自主权的问题。在作了一些调查研究之后,国家经委研究室制定了《扩权十条》。

3月13日至20日,国家经委在北京召开企业管理改革试点座谈会,与会的企业代表对《扩权十条》都热烈拥护。

4月5日,《扩权十条》被提交到中央工作会议,予以讨论。

在此次中央会议上，李先念作主题讲话。他提出，要把扩大企业自主权列为经济管理体制改革的四个"原则和方向"问题之一，要把企业经营好坏与职工的物质利益挂起钩来。企业办得好，职工收入可以高一些，集体福利和奖金可以多一些，更好地调动广大职工的积极性。

于是，在企业是否扩权问题上，参会各方面的意见比较一致，但在扩权的限度上有分歧。

接着，李先念说，哪些事情应由中央和地方部门管，哪些应由企业自己做主，还需要认真调查研究。

最后，《扩权十条》在会上得到了认可，并予以原则通过。

1979年5月25日，国家经委、财政部、外贸部、中国人民银行、国家物资总局、国家劳动总局6个部门联合发出《关于在京、津、沪三市的8个企业进行企业管理改革试点的通知》（以下简称《通知》）。

该《通知》确定了在首都钢铁公司、北京内燃机总厂、北京清河毛纺厂、天津自行车厂、天津动力机厂、上海汽轮机厂、上海柴油机厂、上海彭浦机器厂8家企业进行企业改革试点。

在具体改革措施上，《通知》提出，改革企业管理，首先必须扩大企业经营管理的自主权。

此次由国家六大主管经济的部委联合发文提出改革，

可见中央对企业改革的重视。

通过试点改革，对于调动企业增产增收的积极性，产生了明显的效果。在这些试点的带动下，许多地方和部门管辖的企业也仿照这8个试点企业和四川省的经验，自定办法进行试点。

1979年7月9日至13日，全国工交会议在四川成都隆重召开。此次会议由国务院副总理康世恩主持，财政部部长吴波专程到会听取意见。

成都会议的一个重要内容是最后通过5个文件，涉及扩大企业经营管理自主权、实行利润留成、开征固定资产税、提高折旧率和改进折旧费使用办法、实行流动资金全额信贷等。

其实，这5个文件已在1979年4月召开的中央工作会议上原则通过，又在6月召开的五届人大二次会议上征求过意见。

但尽管如此，在这次会上，围绕这5个文件，与会人员仍然发生了激烈的讨论。企业代表、四川省和云南省代表，与财政部代表讨论了好几个小时。

讨论的焦点是：扩大企业自主权，会不会影响国家财政收入？

此次讨论是由云南省扩大企业自主权试点引起的。当时，云南省先后有两批50个工厂开始试点，其中省属各系统的30个，地、州、市属的20个。

与四川省不同的是，云南省的试点没有得到中央部门的支持。原因是中央认为，云南省《关于扩大企业权利问题的通知》中的规定，对国家财政收入有直接影响。于是，中央财政部门要求云南省予以纠正。

然而，云南省委却顶住压力，没有中断试点。

在会上，云南省代表拿事实说明，扩权不但没有影响财政收入，反而增加了财政收入。据云南省与会同志介绍，实行改革后，1979年上半年，云南省的国家财政收入比去年同期增长了13.3%。

作为同是改革试点的省份，四川省也加入支持云南改革的行列。

在此次会上，四川省财政厅厅长田纪云介绍的四川经验支持了云南的观点。田纪云说，实行改革后，四川全省工业利润比去年同期增长17%，而84个试点工厂的利润比去年同期增长却是26%，比全省水平高50%以上。

在这种情况下，许多与会的企业负责人都表示，愿意做试点单位。

为了尽快推动改革，国家经委在很大程度上接受了财政部的意见，5个文件最终得以顺利通过。

1979年7月13日，为了进一步加强和统一领导各地的试点工作，国务院将《关于扩大国营工业企业经营管理自主权的若干规定》《关于国营企业实行利润留成的规定》《关于开征国营工业企业固定资产税的暂行规定》《关于提高国营工业企业固定资产折旧率和改进折旧费使用办法的规定》《关于国营工业企业实行流动资金全额信贷的暂行规定》5个文件发给各省、市、自治区，以指导扩大企业自主权的试点工作。

中央的这5个文件正式构建起企业实行放权让利改革的基本内容。

文件具体措施包括：

1. 企业必须保证完成国家下达的各项经济计划；
2. 实行企业利润留成；
3. 逐步提高固定资产折旧率；
4. 开征固定资产税，实行固定资产有偿占用制度；
5. 实行流动资金全额信贷制度；
6. 鼓励企业发展新产品；
7. 企业有权向中央或地方主管部门申请出口自己的产品，并按国家规定取得利润分成；
8. 企业有权按国家劳动计划指标择优录用职工；
9. 企业在定员、定额内，有权根据精简和提高效率的原则决定自己的机构设置和任免中层以上干部；
10. 减轻企业额外负担。

有了明确的措施，企业的放权让利改革就开始在全国实行起来了。

随后，各省、市、自治区和国务院有关部委，根据国务院的要求，选择各自所属国营工业交通企业组织试点。到1979年底，试点企业扩大到4200个。

试点企业数目的扩大，表示一场轰轰烈烈的企业改革正式开始。

二、放权让利

- 陈威仪说:"石头埋在土里当然冲不出地面,如果是种子,那一定会破土而出。"

- 项南铿锵有力地说:"哪个部门思想不通,我们就要做哪个部门的工作。"

放权让利试点取得成功

1979 年以后，中央批准的多个企业改革试点单位纷纷开始了改革。其中，作为大型钢铁企业，首钢的改革最为引人注目。

首钢始建于 1919 年，属于中国较早的几个钢铁厂之一，原来叫石景山钢铁厂。新中国成立后，首钢走向快速发展阶段，各项发展指标不断刷新。

然而，到 1979 年，首钢像其他国有企业一样，都面临一些相同的问题：企业自主权小、工人劳动积极性低等等。

当时，首钢总经理兼党委书记周冠五虽然管理着 20 万职工，但他甚至连签字改造一个厕所的权力都没有。

与此同时，企业没有额外自主获取利润的权力，国家下达多少任务就生产多少，职工的积极性比较低。职工上班期间喝茶聊天、人浮于事等问题，使这个昔日风光无限的大型企业走入低谷。

因此，为了企业的发展，首钢领导层对企业自主权的追求变得格外迫切。

1979 年初，国家对改革表示支持，敏锐的周冠五意识到首钢不改革不行了。于是，他亲自组织报告，送交北京市和冶金部领导，主动请缨，争当改革试点单位。

1979 年 5 月 25 日，在中央六部委确定了企业改革名单中，首钢作为大型企业，名列这批 8 个国企改革试点首位。

就这样，周冠五的申请成功了。

当时，国家给这 8 个企业的权力和活力是很有限的。但是，对于周冠五来说，他终于有一种长期被束缚而得以解脱的感觉。只要有一方可以驰骋的空间，即使它很小，周冠五也会拓宽它。

1979 年下半年，首钢开始进行改革，首先试行利润留成。改革提高了工人的积极性，很快就取得了很好的收益。

1979 年 12 月 15 日，一座具有国际先进水平的新二高炉顺利投产，并且不到一年半就收回了全部投资。

和首钢一样，当时很多试点企业都取得了巨大成功。

1979 年底，为了了解各试点企业的改革情况，中共中央和国务院有关机构组织了多次扩权改革试点调查。

1979 年 10 月 17 日至 12 月 7 日，中央办公厅研究室理论组到四川、安徽、浙江三省调查，与三省七市领导人、有关经济部门负责人，以及 20 多个企业厂长、经理、党委书记，座谈 40 多次。

与此同时，经济学家薛暮桥带领中财委体制组到上海去了解经济改革情况。

在调查中薛暮桥发现，地方对扩权改革很热心，最积极的是企业，包括企业管理者和职工。

时任成都量具刃具厂厂长的陈威仪说:"石头埋在土里当然冲不出地面,如果是种子,那一定会破土而出。"

合肥无线电厂党委书记说:"搞'自负盈亏加一长制',自告奋勇'组阁'承包。"

当时,还有一些长期在经济管理部门工作的人员也积极支持改革。

时任安徽省经委副主任的倪则庚,从新中国成立起就在工业交通战线工作。面对改革带来的竞争,倪则庚自信地对大家说:"对竞争忧心忡忡是没有必要的,我们会越争越兴旺。"

四川省一位主要领导人也高兴地说:"四川当前是想通过试点走出一条路子来。"

社会各界对企业改革的支持和企业改革为何会取得巨大成功,其原因单从企业职工的转变就可以发现端倪。

企业职工的态度显然是与其切身利益联系在一起的。扩大企业自主权最直接的好处就是企业有了财力,解决了职工迫切要解决的"三子"问题。

多年来,工人最关心的"三子"问题,即一是儿子,二是房子,三是票子。

当时,"儿子问题",就是工人上山下乡的儿女要求返城就业。

"房子问题",就是十几年没盖宿舍。很多年轻人结婚没分房子,生了两个孩子还在打游击。有的地方三世同堂,最多的五世同堂。

"票子问题",就是十几年没加工资,物价多少涨了一点儿,实际工资略有下降。

在扩大自主权后,"三子"问题逐步解决。

关于"儿子问题",各地省委主要领导出了个点子,用老工厂的废旧车间、闲置旧机器办起大集体,把子弟吸收进来。

这样一来,上山下乡的子女都可以回来了。老子帮儿子,供销科帮大集体跑市场,结果办起来的大集体不但不亏本,还赚了钱。

关于"房子问题",企业改革后,企业基金中公共福利部分首先用于建房子。

当时,四川自贡等地都盖了工人宿舍,要求住房的解决了三分之一,没分到房子的也看到了希望。

"票子问题"的解决更为明显。实行放权让利改革后,企业的自主权增加了,工人的奖金也相应提高了,票子也就多了起来。

"三子"问题解决了,工人的积极性也提高了。与工人积极性提高相伴随的,就是企业效益得到了提高。

1979年,全国实行经济调整前,一些企业陷于生产任务不足的严重困境,特别是钢铁工业和机械工业面临的压力更大。

然而,试点改革的单位却没有出现这种局面,主管部门让企业自己想办法,企业依靠市场救活了自己。

当时,重庆钢铁厂年生产能力为60多万吨钢材,国家下达的生产计划只有55万吨，还有5万吨的产量没有销路。

为此，重庆钢铁厂自找市场，先后同省内外200多个单位签订供货合同，自销钢材近13万吨，占钢材销售总额的19%，钢材年产量比1978年反而增长了12%。

和重庆钢铁厂一样，重庆中南橡胶厂在实行改革后也开始积极寻找市场。企业组织了几十个小组，到云南、贵州及全国各地跑。

很多企业都感慨地形容说：

从前是采购人员满天飞，现在是推销员满天飞。

试点企业改革除了提高了企业员工的积极性外，还有了一定的扩大生产的动力和资金能力，有了资金，企业就可以扩大生产了。

1979年2月，重庆第二针织厂用提留的企业基金6万元买回了20台织袜机。

设备增加了，企业的产量和利润也就上升了，1979年上半年，重庆第二针织厂获利13.8万元。

接着，重庆第二针织厂用这笔资金又买回了织袜机60台，到1979年年底共获利63万元。

企业试点改革的成功，引起了其他企业和政府有关部门的注意。从此以后，企业改革全面展开了。

中央决定把改革推向全国

1979 年，扩大企业自主权的试点工作在全国很快展开，形势很好。

就在试点的当年，试点企业的产量、产值、上缴利润增长幅度都超过其之前的水平，也高于非试点企业的水平。总的来看都实现了"三多"，即国家多收、企业多留、职工多得。

当时扩大企业自主权虽然仅仅是试点，但给企业放权让利，已显示出政策威力，给企业带来了许多具有重要意义的变化。

袁宝华后来在回忆企业放权改革的好处时总结道：

一是企业有了一定的经营管理自主权和独立的经济效益，开始成为一个具有内在动力的经济单位，使企业的经营管理水平有了显著的提高，促进了生产发展。

二是企业开始重视发挥市场调节的作用，普遍增强了经营观念、市场观念、服务观念和竞争观念。

三是企业有了一定的发展生产的资金，可以用于挖、革、改，做到花钱少，收效快。

四是涌现出一批有才干的经营管理干部。

五是企业在发展生产的基础上，逐步地改善了职工生活。许多试点企业在职工宿舍、食堂、澡堂、幼儿园等集体福利设施方面，都有所改善。

正如袁宝华所说，企业放权改革给企业带来了巨大的变化。1979年，很多企业都发了相当于两个半月左右标准工资的奖金，这更加调动了广大职工的积极性。

随着企业放权让利的试点工作的成功，国家领导人和理论界都在寻求新的突破。

当时，国务院主要领导的基本思路是，在还不能骤然进行大改大革的情况下，要寻求具体的改善措施，解决新出现的问题，以巩固已有的改革成果。

在国务院的推动下，国家有关部门加快了对扩大企业放权让利政策的制定工作。

1980年4月9日至19日，国家经委在江苏南京召开第二次全国工业交通会议。

此次会议确定了继续搞好扩大企业自主权试点，并把地方企业扩权试点的审批权下放给各省、市、自治区，特别要求选择少数矿山进行扩大自主权试点。

同时，会议还提出要在国家计划指导下，进一步搞好市场调节，协调好工业、商业、外贸、财政、银行、物价、物资等各方面的相互关系。

5月17日，中共中央、国务院批转了国家经委关于全国工业交通工作会议的报告，并指出：

> 各地区、各部门要继续搞好扩大企业自主权的试点，认真贯彻按劳分配的原则，在国家计划指导下，把市场调节进一步搞开，把企业和经济搞活。

随后，扩权改革试点数量进一步增加，到1980年6月，发展到6600个，约占全国预算内工业企业数的16%左右，产值占60%左右，利润占70%左右。其中，上海、天津试点企业利润已达到80%以上，北京已达到94%。

8月9日，国家经委给国务院写了一个《关于扩大企业自主权试点工作情况和今后意见的报告》。9月2日，该报告获得国务院批准。

该报告比较全面、系统地总结了一年来全国扩大企业自主权的情况，并对下一阶段的试点工作提出了具体意见。

该报告决定：

> 批准从1981年起，把扩大企业自主权的工作，在国营工业企业中全面推开，使企业在人、财、物、产、供、销等方面，拥有更大的自主权。

在此之后，放权让利的改革开始在全国推行。

1984年5月10日，国务院颁布《关于进一步扩大国营工业企业自主权的暂行规定》，进一步下放了生产经营计划、产品销售、产品价格、物资设置、人事劳动管理、工资奖金、联合经营等方面的权力，有效地解决了国家和企业的分配关系，进一步调动了企业和职工的积极性，搞活了经济，提高了企业素质，提高了经济效益。

部分地区率先推行放权政策

1984年，在中央决定加大放开企业的改革力度后，福建省55名厂长、经理要求"松绑"的呼声，在福建省引起了强烈的反响。

为此，《福建日报》开辟了"勇于改革，支持'松绑'，搞活企业"的专栏，对此进行连续报道。

1984年，4月17日，福州市委、市政府给国营工业交通企业下达十条决定：

> 企业有权决定中层干部的任免和企业机构设置；企业有权决定在本市、本区、本县范围内的企业与企业之间调进调出干部、技术人员和工人，只要双方企业同意即可；企业有权通过考核，择优录用或辞退合同工；企业实行"联税浮动发奖制"，有权决定实行浮动工资、浮动升级和职务补贴等多种形式的工资制度和奖惩办法……

同时，福州市委、市政府还明确表示：今后省里下放给企业的一切权力，市里坚决照放。

当时，福州市永安县积极实行相应放权政策，县委、县政府领导人带着计委、财委、组织、税务等部门的负责人，从4月6日起，用9天时间，到15家企业听取了企业领导人的打算、困难和要求。随后，县委、县政府作出一系列放权决定，扩大了企业的人权、财权和经营管理权。

与此同时，龙溪地区商业局还主动为基层放权，提出改革批发体制、实行价格松动、大搞议价经营三条改革办法。

对于福建省各地给企业的放权，福建省委更是大力支持。

4月21日，福建省委第一书记项南在一次会议上说："'松绑'问题不能登了报就完事，要抓落实，抓出成效来。"

为此，福建省委、省政府决定，5月中旬再一次召开55个厂长、经理会议，对"松绑""放权"进行检查，重点解决如下问题：到底有哪些权没有放下去？还有哪几条"绳索"没有解开？是谁把着权不放？是谁不给"松绑"？哪些单位"放权""松绑"搞得好？

为了鼓励各地政府积极推进企业改革，项南铿锵有力地说："哪个部门思想不通，我们就要做哪个部门的工作。"

和福建一样，重庆市也在积极支持给企业放权的改革，排除一些行政性公司争权争利的阻力，把企业自主权真正落实到工厂。

当时，国务院的文件《国务院关于进一步扩大国营工业企业自主权的暂行规定》公布以后，在重庆市工业公司和工厂之间曾引起一场争论。争论的焦点是，公司算不算企业？应不应该享有自主权？

对此，有些人认为，公司指导和参与所属工厂的产、供、销，管人、财、物，不仅具备了企业的特征，而且发挥着比单个工厂更大的作用，因此，企业自主权首先应扩给公司。

有些厂长们说，许多公司实际上是行政机构，而工厂直接从事生产经营，对国家承担经济责任，行政管理机构如果争利争权，则会影响工厂的积极性。

经过争论，人们的认识一致了。重庆市当时的60多个工业公司多数属于行政机构，有的只是原来的主管局换了牌子，有的是隶属于局的一个行政机构，有的集权过多，严重影响了工厂职工的积极性，应该向工厂还权还利。

重庆市委、市政府负责人认真听取了讨论意见。6月中旬，重庆市人民政府作出决定，明确指出"扩大自主权的国营工业企业，是指直接从事工业生产经营，实行独立核算，对国家承担纳税义务和经济责任，具有法人资格的国营工业企业"。

按照这条规定，重庆市政府要求企业性公司继续发挥经济实体的作用，充分运用企业自主权，搞活生产经营，提高企业素质。

接到重庆市政府的文件后，很多企业性公司为了发挥好这种作用，就抓紧建立健全内部经济责任制，对所属厂矿也采取层层放权的措施。

当时，重庆钢铁公司为了求得全公司最佳的经济效益，提出在运用企业自主权，在生产经营、工资奖金、人事管理等方面实行一系列改革。

其具体做法是，由公司经理任命厂（矿）长，实行技术项目承包、超目标利润经济承包、经营承包等多种形式的承包制，落实经济责任，因而调动了上上下下的积极性。

实施承包后，公司的效益得到了提高。实施承包后的2个月内，这个公司实现的利润接连突破历史最高月水平。

重庆钢铁公司实行承包后取得的巨大积极效益，进一步激发了重庆市政府支持企业放权改革的信心。从此以后，重庆市各有关部门支持改革的力度就更大了。

放权让利政策推向全国

1984年，继福建省、四川省给厂长、经理"松绑"以后，江西、黑龙江、河北、贵州、吉林、云南、内蒙古、宁夏、江苏、河南、天津等省、市、自治区，也积极采取措施，给企业放权"松绑"。

这次"松绑"放权的一个重要的特点，是许多省的省委、省政府态度坚决。

1984年4月11日，江西省委、省政府作出《关于当前经济体制改革若干问题的规定》，针对当时经济管理体制存在的种种弊端，从管理体制、人事权、财权、经营权等10个方面进行改革。

4月中旬，黑龙江省委结合全党讨论经济形势和工业改革问题，提出给企业"松绑"。

吉林省委认为，吉林省的工农业生产面临着新的挑战，抓住时机，大胆改革，才能搞上去；慢慢腾腾，按部就班，就会错过机会，落在后面。

针对如何改革的问题，吉林省委提出，改变满足现状、照章办事的状态，提倡勇于改革，积极创新，动员全省干部、职工，把中央关于改革和对外开放的重要指示落实到具体行动上。

为此，吉林省委还提出了10项改革措施，以促进企业放权工作的顺利开展。

在河南，河南省委第一书记刘杰对于国营商业的改革，强调应本着"清'左'、'松绑'、放权、搞活"的指导思想，继续清除管理体制上的"一大二公"，经营思想上的"一统二包"和分配上吃"大锅饭"的余毒，加快改革的步伐。

在此次全国各省共同推进的企业放权改革中，另一个特点就是主要目标明确，即解决两个"大锅饭"。两个"大锅饭"是国家给企业开的"大锅饭"，企业给职工开的"大锅饭"。

云南省发出两个经济改革的文件，重点就是解决两个"大锅饭"问题，进一步处理好国家与企业的关系，扩大企业的经营管理自主权，把企业的责、权、利更紧密地结合起来，使企业既有压力又有动力。

同时，云南省还注重解决好企业与职工的关系，逐步实行奖金上不封顶、下不保底，进而推动人事、劳动、工资、奖金、福利等一系列改革。

在河北，当时河北省的10位厂长呼吁上级下放权力，让有关部门"松绑"，让厂长尽职尽责，以促进上下改革同步进行。

河北省政府了解到这些厂长的呼声后，热情支持这些厂长的建议，在干部制度、劳动工资方面为企业"松绑"。

这次企业放权改革还有一个特点，那就是一些地方给企业"松绑",步子迈得比较快。

当时,吉林省四平市建筑业实行改革,计划内工程项目一律实行招投标,企业内部实行经济承包,实行固定工、合同工、临时工相结合的用工制度,劳保费用统收统支,施工队伍采取城乡结合的弹性结构,工程质量以社会监督为主,第三方认证。

四平市建筑业实行改革非常果断,一步到位,在很多人看来,步子太快了,然而却取得了不错的效果。

放权让利在全国的推行,给全国各类企业带来了新的面貌,改革的成绩再一次鼓舞了人心。

放权让利获得巨大成功

1980年以后,企业的放权让利改革在全国推行开来,特别是1984年《关于进一步扩大国营工业企业自主权的暂行规定》颁布后,企业放权改革在全国进行得更加深入。

改革后,企业有了自主权,犹如蛟龙入海,具有强大的活力,蕴藏在企业内部的积极性、主动性、创造性全都迸发出来。安阳自行车工业公司就是改革促进发展的一个例子。

"公司的责任是解放生产力。"这是安阳自行车工业公司组织专业化生产的基本经验。自1980年组建企业性公司以来,这个公司积极为下属工厂放权,尽心竭力搞好服务,用价值规律组织生产,使企业充满生机。

1980年以后,为了给下属工厂增强活力,这家公司进行了有效的改革,即"松绑"放权。公司将各种有利于发展生产的权力下放给13个专业生产厂,使工厂有了自我发展、自我改造的内在动力。

多年亏损的自行车二厂得到权力后,厂长招聘人才,精简机构,成立了生产总调度室,强化了厂长行政指挥权力,使工厂面貌焕然一新,1984年实现税利300多万元,比1983年增长了3倍。

实行改革后，公司获取信息的积极性也提高了。当时，公司以销售技术服务公司为信息中心，在全国各地聘请了 60 名市场信息员，设立了 28 个销售服务网点，及时搜集市场信息，进行反馈。

为了及时把握市场信息，并及时对信息进行分析，公司还投资建立了自行车科技情报信息中心，负责搜集国内外自行车行业的技术情报。

同时，放权让利后，企业领导者积极性提高了，采用"走出去、请进来"的方式，组织各厂人员学习国内同行业先进技术。

几年间，他们先后组织干部和工程技术人员 1700 多人次，到天津、上海等地学习项目共 61 个，解决技术难题 325 个。

同时，该公司还请上海、天津等对口厂的领导和工程技术人员 100 多人，来公司讲课、实地操作表演和进行技术指导。

此外，公司还从国外引进了先进的塑料粉末喷涂新技术、新工艺、新设备，并与日本有关厂家合作，采用新的电镀工艺和设备，使产品质量有了新的突破。

在智力开发方面，公司为下属各厂组织培训经营管理人才、技术人才，以提高工人的知识和技术水平。

在实施放权让利后，公司对工厂内配件实行统一收购、优质优价、副品拒收、降低成本应得部分全部归厂的办法，双方形成买卖关系。

这样做可以激励各厂瞄准国内同行业先进标准，提高质量，降低成本，增强产品的竞争能力。

实施改革的几年间，这个公司的自行车产量翻了近3番，1984年与1979年相比，这个公司自行车产量由13万辆上升到90万辆，增长了近6倍；税利由178万元上升到2300多万元，增长了12倍。

同时，该公司的"飞鹰"牌加重自行车由全国质量倒数第一，一跃成为轻工部优质产品和全国名牌产品；新投产的"雏鸡"牌自行车也进入全国A级产品行列，并打入国际市场。

曾经是亏损大户的包头钢铁公司，在1984年实现了利润1.25亿元，比上年增长72%，跨入了亿元利润大户的行列。

当时，亏损严重的包头钢铁公司制定和实行了大胆放权、搞活企业的12条改革措施，就是这些改革措施促进了包钢的扭亏为盈。

包头钢铁公司放权是有步骤的，也是坚定的。公司只提总的目标和主要要求，不干预下属各厂矿企业内部的具体安排，以让下属企业领导放开手脚，大胆实践。

得到放权后，下属企业有权自行选拔、任免科级干部，谁不得力就撤换谁，谁能打开局面就任用谁。

给关键厂矿"特殊政策"，是包头钢铁公司打开新局面的果断措施之一。1984年，包头钢铁总公司果断地在资金、设备、人员、能源和奖金等方面给几个关键厂矿以特殊优惠政策。

同时，各厂矿又根据主体、辅助岗位的不同，根据劳动强度、工作条件、贡献大小的不同，制定不同的分配方法，从而保证了劳动艰苦、贡献大的职工较多地增加收入。

给这些关键厂的优惠政策和各厂矿自行的改革，立刻显示了较大的威力，全公司生产顿时出现了一马当先、万马奔腾的局面。

实行改革的第二年，包头钢铁公司的几个主体厂的人均收入高于其他厂。同一车间，奖金有的人是二三十元，最高的可能是一二百元，个别不认真工作的员工不但不得奖，还会被扣发浮动工资。

1985 年，"沈阳电缆厂搞活了"！这个消息随着国务院领导的到访，开始在全国传开了。

沈阳电缆厂这个拥有 1.2 万多名职工的大厂，在实施改革后，一改昔日那种生产看本本、分配端"大锅饭"、干部坐铁板凳的旧规，各方面的积极性得到了发挥，产供销渠道畅通，人财物使用有方，整个企业生机勃勃。

1984 年，全厂产值超 3.6 亿，利税破亿元大关，成为当年沈阳市向国家上缴利税最多的企业。在全国同行业中，该厂 6 个主要经济指标也名列榜首。

国务院领导同志听取了沈阳电缆厂厂长徐有泮的汇报后，兴奋地说："你们的经验很好，应该很好地总结和宣传。"

沈阳电缆厂的主要经验有哪些呢？

首先是分权，搞活用权之道，把国家给工厂的权力下放给车间、工段和班组，使得厂长的积极性变成全厂各级干部的积极性。

当时在国家政策的鼓励下，沈阳电缆厂陆续得到了国家下放的权力，企业开始有了活力。

然而，这个厂子太大了，一个车间就有上千名职工，更主要的是，车间、工段、班组不是独立核算单位，而依然是"用料向厂部领取，产品交厂部销售，盈亏由厂部负责"，权、责、利处于分离状态，职工对市场不加过问，对经营成果漠不关心。

在这种情况下，往日厂部躺在国家身上吃"大锅饭"的现象，而今在车间和厂部之间出现了。

这些改革中产生的新问题，提醒了沈阳电缆厂的领导人，班组、工段、车间是企业的基础，职工的积极性调动不起来，企业是搞不活的。

于是，从1984年7月开始，沈阳电缆厂领导划小了内部核算单位，把8个单纯执行厂部生产任务的车间，划分为14个生产经营型的分厂，实行"独立经营、自负盈亏、厂部征费、工资总额同实现利润挂钩"的办法；同时把国家赋予厂部的人财物、产供销等10种权力全部下放给分厂，分厂再下放给工段、班组，直至落实到每个工人，做到"权力层层有，责任层层负，利害层层担"，使这个大厂由厂长、书记几个人负责，变成了各级干部和全体职工都当家做主。

各个车间、各个工组、各个员工都有了权力，也都有了责任，他们的积极性被调动起来了。

同时，沈阳电缆厂改革的成功经验还包括搞活用人之道，即谁有能耐就用谁，以调动了"两头冒尖"的能人的积极性。

改革前，沈阳电缆厂传统的用人办法是，谁老实听话，就提拔谁。

改革后，沈阳电缆厂领导根据"四化"建设的需要，确立了新的用人标准：谁有能耐，就提拔谁。

这项改革在当时当然要冒一些风险。因为现实生活中的能人，往往是"两头冒尖"的人，用厂长徐有泮的话说就是："总结他的优点，是个英雄；收集他的缺点、毛病，那就要吓一跳了。"

这种优点大，缺点也大的干部敢不敢用？对此，沈阳电缆厂的原则是明确的、大胆的，那就是有一个用一个，不怕闲言碎语。

在该原则的指导下，沈阳电缆厂领导提拔了具有决策能力、应变能力、创新能力、组织能力和社交能力的能人30多名。

当时，沈阳电缆厂压延车间有个一般干部，这个人在经营和管理方面都很有本事，但争强好胜，易捅娄子。

此人过去调转了4个部门，都被人"蹬"出来了。

有人总结了他的表现是"放到哪里哪里打开局面，走到哪里哪里出现矛盾"。

实施改革后，沈阳电缆厂领导在研究干部使用时，不少人仍对他不放心。但厂长徐有泮和党委书记王文毅商量后，力排众议，把他提为车间第一副主任。

这位干部一上任，就显示了出色的领导才能，上任两个月，就扭转了车间的被动局面。

在实施改革时，沈阳电缆厂领导还特别注重搞活分配之道，他们的原则是：谁有贡献就奖谁，要奖得人红眼，罚得人傻眼。

当时，沈阳电缆厂在分配问题上，严格掌握按劳分配的原则，在各个方面，都把劳动成果同物质利益挂起钩来。

在奖金使用中，他们采取了引人注目的做法：不把奖金变成福利，搞人人有份，而是把有限奖金用于奖励超额劳动者。

1984年5月，用户对该厂的金质奖产品钢芯铝绞线质量提出了意见，一时间各地的报纸、电台也对此事件进行了批评。

这件事对全厂上下震动很大。对此，厂部宣布了重奖重罚令：

> 3个月内，生产这个产品的压延车间必须解决铝杆脆断等质量问题。如按期解决，有功人

员晋升一级工资；到期不解决，主持车间工作的主任和技术副主任就地免职。若措施不力，丢掉金牌，全车间所有人员停发一年奖金。

重奖重罚令的颁布起到了很好的效果，这以后，压延车间全力以赴，追根查源，聘请技术顾问，制定对策，反复试验，对产品质量严加把关。

结果，不到3个月，该车间就圆满地解决了金牌产品的质量问题。

就这样，在重奖重罚令的激励下，这个车间的主要干部不仅没有下台，还晋升了一级工资，全车间分得奖金3000元。

沈阳电缆厂由于在产品质量上采取重奖重罚原则，金质奖产品保持了荣誉，还创部优产品3种、省优产品2种、市优产品2种。

同时，该厂出口的"五二八"钢芯铝绞线、千伏级矿用电缆、50万伏超高压充油电缆等5种新产品，都获得了国家经委颁发的"飞龙奖"。

和沈阳电缆厂一样，当时，放权让利的改革使很多企业都取得了巨大的成就。

三、推行责任制

- 周冠五打破了这个沉默，从坐凳上站起来，冲着张彭说："同意。承包！"

- 宋凡雨向张先友等人提出："2个月不把焦炉的老毛病治好，我们请求处分，自动下台。"

中央提出建立经济责任制

1979年以后，以增强企业活力为中心的一系列改革措施的实行，扩大了企业自主权，使企业有了一定的经营管理自主权和独立的经济利益，开始成为具有内在动力的经济单位。

改革后，企业开始重视发挥市场的调节作用，普遍增强了经营观念、市场观念、服务观念和竞争观念。

同时，企业也有了一定的发展生产的资金，可以用于"挖、革、改"，做到花钱少、收效快。

这些也推动了企业实行民主管理，并在生产发展的基础上，逐步改善了职工生活。因此，企业的放权让利等改革，最初对企业的发展壮大是非常有用的。

但是，随着改革的不断深入，放权让利的改革也产生了一些新的问题，如企业的产量、产值、利润、劳动、物资等计划指标分头下达，互不衔接，企业领导要耗费大量精力，奔走于诸多部门之间求平衡、争发展。

同时，改革后，企业还要面对开展市场活动阻力多，企业用人的权力没有真正落实，价格体系不合理，企业社会负担过重等问题。

在这种情况下，企业的发展迫切要求企业进一步进行深入的经济体制的改革。

为此，中央决定在改善国家与企业的关系，赋予企业在搞活自身的权利的基础上，进一步深入企业内部进行改革，实行各种形式的经济责任制，使企业进一步增强活力。

经济责任制是一种在国家计划指导下，以提高经济效益为目的，以责、权、利紧密结合为基本特点的生产经营管理制度。

这种管理制度把企业对国家承担的责任放在首位，以责为核心，以责定权，以责定利，在国家放权让利的同时，强化企业的经营责任，培育承接这些权利的微观基础和企业的约束机制，从而避免扩权带来的企业行为不合理，并提高宏观控制的能力。

这项改革从1981年春季开始，并由山东省首先在企业中试行。

这次改革主要是通过承包，划分国家与企业之间、企业与职工之间的责、权、利关系，贯彻联产承包、按劳分配的原则，进一步调动企业和职工的积极性。

山东的试点是成功的，试点表明，这些改革在增收节支、提高财政收入方面颇有成效，对全国工业企业产生了巨大的影响。

1981年10月29日，国务院批转了国家经委、国务院经济体制改革委员会（简称国家体改委）《关于实行工业生产经济责任制若干问题的意见》。

该文件指出：

国家对企业实行的经济责任制，当前在分配方面可以基本归纳为三种类型：一是利润留成，二是盈亏包干，三是以税代利、自负盈亏。
　　……
　　实行经济责任制，究竟采取哪种形式，由各省、市、自治区从实际出发，实事求是地确定。不搞"一刀切"，不急于定型，要在实践中不断总结经验，改进完善。

　　1982年11月8日，国务院批转了国家体改委、国家经委、财政部关于《当前完善工业经济责任制的几个问题》的通知。
　　这些文件明确规定了实行经济责任制必须遵循的原则和要求、主要内容和基本形式、具体的政策界限以及加强监督的有关措施，从宏观政策上保证了经济责任制的顺利推行。

首钢率先推行经济责任制改革

1981年初,实行放权让利改革取得不小成就的周冠五,踌躇满志地对首钢工人和干部们说:"今年我们用节省下来的能源多炼些钢铁,多轧些钢材,大干一场,为国家多做贡献!"

然而,就在周冠五准备大干一场时,首钢却遇到了一个不小的麻烦。

原来,由于当时上马项目太多,中国经济出现不良势头,此时,中央果断决定对我国国民经济进行调整,为此,中央要求全国基建压缩,钢铁限产。

在中央的要求下,1981年4月,国家经委、财政部、国家物资总局、冶金部等8个单位联合发出通知,对全国钢铁实行严格限产。

在此次大刹车中,首钢也在其中。根据中央的要求,首钢当年需要减产的任务是33万吨钢铁,综合减产9%。

面对这个突变,周冠五等人似乎没有任何思想准备。但中央的政策必须执行,毕竟首钢作为国有企业要以国家大局为重。

于是,首钢的二号高炉停了。

然而,就是在这种情况下,首钢改革的转机出现了!

十一届三中全会以后,中国大规模的经济建设开始全面铺开，此时，国家对经济建设投入大增，这样一来，国家财政显得紧张起来。

于是，在上海召开的全国工业交通会议提出，国家面临着财政困难，各地都要尽可能多交利税，北京市作为全国大企业比较集中的城市，必须要超计划上缴1亿元利润。

会后不久，参加会议的北京副市长张彭就来到首钢，来落实北京市计划外的1亿利润问题。

张彭和首钢几位领导在红楼招待所坐下后，开门见山地对周冠五说："冠五，原先市里要你们今年力争上缴国家2.7亿元，现在我看不要力争了，干脆来个包干2.7亿算了。超额多留，亏损自负。怎么样？"

减产9%，却要首钢增加上缴利润。面对这个要求，首钢的领导们都沉默了。

张彭看了看大家，他心里的那本经比首钢更难念。于是，他又说："今年市里的日子过不去，就是要给你们加加压。"

最后，还是周冠五打破了这个沉默。他从坐凳上站起来，冲着张彭说："同意。承包！"

接着，周冠五又说了一句："张市长，我们同意包干2.7亿。不过要全体职工讨论同意后，才能正式打报告。"

张彭悬着的一颗心终于落下了。他使劲儿地握了一下周冠五的手，什么话也没说。

张彭走后，首钢几位领导的眉头皱成了一团。他们默默地坐着，都想着心事。

一个领导把首钢所有的家底全抖了出来，对周冠五说："周书记，满打满算，首钢的利润最多只能达到两亿六千五百万元。全部上缴也不够呀！"

其他干部也说："是啊，这样一来，咱们首钢的留成一个也没有了，怎么再生产？还有职工的福利呢？"

周冠五听罢，摇摇头，微笑着说："这么算账当然没有错，但是仅仅这样算显然不够，很不全面。因为它没有把承包后给职工带来的积极性和创造力算进去。而算上这一点又是多么重要啊！"

当时，对于工业战线来说，承包制还是个新事物，到底承包制有多大威力谁也吃不准。

于是，首钢公司再次召开领导班子和一部分业务部门领导参加的骨干会，专题研究如何攻克"2.7亿"的这个问题。

在会上，周冠五首先明确表态："国家有困难，首钢也有困难。但是，国家的困难比首钢更大，我们要义不容辞地为国家分忧。"

停顿了一下，周冠五攥紧拳头，大声地说道："为了保证完成财政上缴任务，咱们要把减产减收变为减产增收！"

这"增、减"二字的一删一改，说起来容易，做起来就难了。但是，周冠五却信心十足，说："我们被逼上梁山了，唯一的出路是改革。深化改革，要坚持承包制。我是相信这个'包'字的，它可以把大家的积极性和智慧调动起来、挖掘出来。企业的潜力会在这个包字中很充分地显示出来。"

接着，周冠五又给大家算了一笔账：1981年首钢将要完成的利润不能是2.7亿元，而应该是3.12亿元。因为除了上缴利润外，还有扩大再生产的资金，职工的工资、奖金以及其他集体福利事业。

于是，"3.12"增利目标就这样在首钢提出来了。

这个目标对于此时的首钢来说可是个大数字啊，要完成这个目标，必须做好战斗前的动员工作。

在首钢召开职工代表大会，周冠五开始了动员讲话。他铿锵有力地说：

拿下3.12，不仅国家有利，我们企业本身也会搞更多的福利设施，包括每个职工的奖金都会有所增加。一句话，3.12亿元的利润我们一定要完成，除非就在首钢的地下发生地震我们才改变这个决心！

周冠五那富有激情的讲演，大大鼓舞了首钢的干部和工人。他们的信心和激情被调动起来了，纷纷表示支持承包，保证尽力完成任务。

宣言之后便是行动。

1981 年 6 月，在国务院和北京市政府的支持下，首钢改变了国家和企业之间分成的办法，在全国全民所有制企业中率先实行了承包制。

1981 年 6 月，首钢召开了全公司职工代表大会。

在此次大会上，首钢正式决定在公司内部实现经济责任制，通过权、责、利结合，以充分调动广大工人的积极性。

首钢改革的具体做法是通过层层包干，即第一步把公司对国家承担的经济责任，包括上缴利润、分品种的产品调拨量以及节约能源等各项任务，加上生产技术经营管理各项工作的要求，包到厂矿和处室，作为他们的经济责任。

然后，各个厂矿、处室把本单位所承担的责任加以分解充实，再层层包到各个车间、科室，最后，再具体落实到每一个职工。

为了做好首钢的责任制承包工作，首钢党委还认真对责任制进行了总结。经过党委的反复讨论，最后，首钢党委提出了多项措施，以推动责任制的顺利实行。

首先首钢党委要使包干指标先进合理。为此，首钢管理部门对不同的厂矿逐个进行分析，确定了先进合理的包干任务和指标，使包干单位和个人需要经过艰苦努力才能实现和得到好处。

当时，首钢的烧结矿燃料消耗、炼铁焦比、炼钢的钢铁料消耗和初轧成坯率、小型钢材成材率等五项指标上一年在全国同行业中都是先进水平。

当年实行经济责任制后，首钢党委确定了更先进的包干指标，以促使消耗进一步降低。

同时，首钢还提出既要"包"，又要"保"，正确处理局部和全局的关系。为此，首钢对所属厂矿在"包"利润、成本和职工定员的同时，还要求"保"产量、质量、品种、合同、安全、环境保护和协作等，并且层层落实，直至个人。

当时，首钢炼铁厂生产的民用铸造生铁，利润小，搞不好会亏本。但是，考虑到许多行业都需要，为了保证其他行业的需要，首钢党委决定民用铸造生铁一吨也不少炼。

为了确保责任制的有效实行，首钢党委还提出要加强企业整顿和实行严格的考核。

为此，首钢决定注意克服好人主义倾向，按"包"和"保"的责任要求，对各厂矿直至个人逐项进行严格考核，领导干部和工人一视同仁，分清是非功过，奖罚分明。

在责任制实行的过程中，分配政策是个非常重要的问题。针对责任制下负责的分配问题，首钢明确规定，必须在保证国家增收的前提下，企业才能多留，个人才能多得。

同时，职工的奖金总额必须牢牢控制在国家规定的范围之内。

奖金也不是"铁奖金"，必须浮动，在有涨有落中摆脱平均主义。在首钢的这些浮动奖金政策的支持下，首钢奖金发放发生了很大变化。仅在首钢炼铁厂，高的月份平均每人得奖金 16 元，低的月份只有 6 元。

在承包制改革中，首钢还特别注重加强民主管理和专业监督。

在首钢改革的 4 个月里，首钢开过 2 次职工代表大会，讨论经营管理的大事。职工代表大会的召开，特别是广大职工有了发言权，这些都大大调动了广大职工的积极性。

首钢开展的专业监督更是取得了不错的效果。当时，首钢加强了财务、物资、技术、统计等各项专业监督，并对个别单位、个别人损人利己、弄虚作假、搞歪门邪道的行为及时、严肃处理，做到了活而不乱。这样一来，就确保了经济责任制的健康发展。

面对实行责任制可能出现的各种情况，首钢党委还注重大力加强思想政治工作。

实行责任制后，首钢各级党组织围绕着摆正国家、企业、个人三者利益的关系，发扬艰苦奋斗精神，加强协作等方面的问题，做了大量的思想政治工作，从而使经济责任制顺利实行。

经过首钢党委的努力，承包责任制在首钢得到了顺利的实施。

1981 年，首钢的改革给首钢的面貌带来了巨大的变化。

这种承包制的实行极大地鼓舞了首钢人的劳动积极性，当时，全首钢的每一个人、每一条战线都在围绕着"3.12"这个目标而奋力拼搏。

在责任制的鼓舞下，首钢上下奋力拼搏的工人有很多，阎广忠就是这其中之一。

当时，阎广忠是首钢初轧厂的一名普通推床工。首钢改革之后，实行了承包制，将责、权、利有机地统一起来，改变了过去无人负责的状况，这使阎广忠感到自己真正成了企业的主人。

特别是首钢公司领导体制的改革，进一步明确规定了职工在企业中行使管理企业的权力，保证了职工当家做主，这使阎广忠的思想发生了很大变化。

此时，阎广忠就想，在企业里职工怎样才算当家做主呢？一个岗位工人，要当家做主，行使民主权利，就应居主人之位，思主人之事，负主人之责，要为企业的大事尽心竭力。

想到此，阎广忠就结合自己的实践，进一步认识到，职工在企业里当家做主，一个重要的方面就是要针对生产管理过程中的薄弱环节，积极主动地观察、分析、思考问题，并及时把自己经过调查研究考虑成熟的意见和建议，毫不保留地向领导提出来。

认识到这一点后，阎广忠在以后的工作中，认真观察、分析，确实为企业提出了很多宝贵的意见。这些意见有很多条被首钢采纳，并取得了很好的效果。

当时，阎广忠的工作是需要两个人互相配合的，一人负责操纵轧机，另一人负责操纵推床。

在平时的操作中，常常会出现两人之间互相配合不协调的情况：一个不敢咬，而另一个急着夹，唱不出一个调子。

这种情况的出现不仅影响轧制速度，影响产量，而且容易出废品，这给两人造成的精神压力都很大。

于是，阎广忠就根据他们班的具体情况，细细琢磨解决问题的办法。

很快，阎广忠发现两人配合不好，主要是相互之间对对方的操作特点不熟悉。

当时，初轧厂采用的是"混合编对"，即一名操作工今天跟你配对，明天跟他配对，变化太快。

于是，阎广忠就想，如果能把一对操作工固定下来，就能很快配合默契，对提高产量大有好处。想到此后，阎广忠非常兴奋，就把自己的想法向车间提了出来。

车间干部听后十分赞赏，称这是"最佳配方"，并立即在阎广忠所在的班进行试点。

有了这种方法后，在以后的几个月中，阎广忠所在的班在三大班中，连续数月夺得月产钢坯第一名。

接着，阎广忠的这个建议被三大班采纳。顿时，三大班整个车间的产量都获得了提高。

作为一名普通的操作工，连技术员、工程师的级别都够不上，然而，阎广忠并不以"小人物"来看待自己，在责任制下，自己也是首钢的主人。看到自己的建议被采纳后，阎广忠找方法、提建议的劲头更足了。

当时，初轧厂在操作中经常出现轧翻、轧扭的情况。于是，阎广忠就下决心排除这个危及生产的现象。

说干就干，阎广忠先从钢锭温度上找原因，但是，在钢温正常情况下，还是会翻扭。

接着，阎广忠就同班里的同志又在压下量、辊缝、对角线、轴向窜动、附属设备状况、孔型磨损、操作方法等方面找原因。

经过阎广忠等人一次次的仔细分析，这些原因也被一个个否定了。

难题不好解，可阎广忠并不甘失败，强烈的主人翁责任感促使他找下去。

在上面几个方面没找到原因的情况下，阎广忠逐渐把注意力集中到轧辊上，每换一套辊，阎广忠就仔细观察。

经过两个多月的观察，症结点终于被阎广忠找到了，原来有的辊一、二孔是单侧壁，有的是双侧壁，双侧壁由于展宽大，给三、四孔的料就不规矩，就会造成翻扭。

于是，阎广忠果断提出了取消二孔双侧壁的建议。经过实践论证，这个建议被领导采纳了。

取消二孔双侧壁后，翻扭这一现象消除了，从而为单位减少废品、多轧钢创造了条件。

实践使阎广忠尝到了甜头，在以后的工作中，只要建议是正确的，就能被领导采纳，这更加激发了阎广忠发现新创意、新想法的积极性。

不断的成功使阎广忠深深感到，在首钢，职工管理企业、做企业的主人，已不是一句空话，而是有实实在在的内容。它激励着首钢的每一名职工，使职工能够积极发挥主人翁的智慧和创造力，为首钢的改革与发展不断作出更新的贡献。

在以后的多年中，阎广忠还提出了许多有重大价值的建议，这些建议对首钢产生了重要影响。

首钢改革给首钢带来的变化是巨大的，一时间上至干部领导，下至普通个人；从一线生产部门，到后勤服务单位，每一个首钢人的精神面貌、工作状态都发生了巨大变化。

与此同时，各级各地媒体、工业战线的宣传部门都争相报道首钢的改革。

11月30日，新华社记者徐人仲的一篇报道真实地反映了承包制给首钢带来的变化。徐人仲写道：

> 首都钢铁公司从今年6月起，实行经济责任制。几个月来，企业面貌发生了深刻的变化，经济效益越来越明显，经营管理水平不断提高，广大职工精神振奋，为国分忧，大干"四化"的主人翁责任感日益增强。

首钢实行的是利润层层包干的经济责任制。把他们实行经济责任制以后 7 月至 10 月的盈利情况和今年上半年相比，平均每月利润增长 21%，创历史最高水平；平均每月的生产成本降低了 7.4%。

广大职工中，关心国家、关心企业的更多了，认真负责、勇挑重担的更多了，精打细算、当家理财的更多了，钻研业务、好学上进的更多了。

1981 年底，首钢实现利润 3.16 亿元，不仅实现了 3.12 亿的目标，还超过了 400 万。

首钢是我国较早实行承包责任制的企业，它所实行的全员承包，对我国接下来进行的责任制改革具有重要的借鉴意义。

中央颁布经济责任制文件

1981 年以后，在首钢等企业推行责任制改革取得重要进展之时，中央对责任制改革的支持加大了。

1981 年 8 月 22 日，由国务院召开的全国工业交通工作座谈会隆重开幕。国家经委及相关经济部门代表参加了此次座谈会。

此次会议在第一阶段，着重交流和议论了工业交通部门推行经济责任制的问题。国家经委负责人就这个问题发了言。

这位负责人说："现在看来，要把经济责任制顺利推开，首先一条是方向要肯定，方法要多样，政策要稳定。就是要下决心解决长期以来存在的吃'大锅饭'、搞平均主义的问题。这个方向不能动摇。"

接着，这个发言人继续说："方法要因地、因厂制宜，不要一刀切，不要过早定型化，要在实践中总结经验，不断发展，不断完善。政策不能多变，不要看到企业和职工拿钱多了点儿，就说了不算。

"推行经济责任制，必须依靠党委统一领导。从各地反映的情况来看，没有党委的统一领导，就不可能组织和协调各方面的力量，统一思想，统一行动，统一政策，通力合作。"

在谈到如何推行责任制问题时，这位负责人说："在推行经济责任制的过程中，要因势利导，热情支持，决心要大，步子要稳。要有计划、有步骤地进行，看准一个搞一个，千万不能一哄而起，或者一阵风。"

最后，这位负责人还强调说："推行经济责任制难免会出一些毛病，出了毛病不能一棍子打死，而要采取积极态度，不断研究改进，逐步完善。"

第二年初，在北京举行的全国冶金工业工作会议上，冶金工业部负责人号召冶金战线的领导干部和职工，要认真学习和推广首都钢铁公司推行经济责任制、整顿企业和提高经济效益的经验。

同时，国务院总理、副总理也都先后到首钢进行调查研究。他们很重视首钢的经验，鼓励冶金战线的广大职工认真向首钢学习。

1982年底，国务院批转了国家经委、国务院体制改革办公室提交的《关于实行工业生产经济责任制若干问题的意见》。

该文件对搞好经济责任制必须坚持的原则和要做的工作提出了明确的要求。

关于实行经济责任制应该做的工作，该文件第七条明确指出：

> 各经济管理部门要主动改革本部门的管理体制和规章制度，以适应实行经济责任制的要

求。企业主管部门也要建立相应的责任制，使上下之间、部门之间、企业之间的经济关系尽可能用经济合同的形式联系起来。

1984年10月，党的十二届三中全会通过的《关于经济体制改革的决定》指出：

> 增强企业活力，特别是增强全民所有制的大、中型企业的活力，是以城市为重点的整个经济体制改革的中心环节。

这一系列文件的出台，为各地呼之欲出的企业承包责任制的改革提供了政策依据。

责任制给企业带来效益

1981年以后，在首钢责任制取得重大成绩和中央对责任制进行鼓励的情况下，各地企业开始积极推行责任制，并取得了很大的成绩。

当时，河南省安阳钢铁厂是河南省最大的钢铁联合企业，建厂22年，盈亏各11年，盈亏相抵，净亏损1.5亿多元。

安阳钢铁厂亏损的原因，主要是长期以来没有明确责任制，企业管理混乱，人心涣散。

中央允许企业改革后，这个厂决定从建立经济责任制入手，整顿企业，改变落后面貌。

为此，该厂领导班子从实际出发，建立了多种形式的经济责任制。从总厂各科室到分厂、车间，从厂长到一般职工，都有了明确的经济责任。

责任制实行后，过去没人过问的事，现在有人管了；过去长期解决不了的问题，现在迎刃而解了。

改革前，安阳钢铁厂产品结构不合理、货不对路的情况相当严重，有些产品常常是边积压，边生产，浪费严重。经济责任制一实行，情况立即改变了。

对改变产品方向，领导关心，群众也关心。厂里一面组织人力到十几个省、市、自治区调查市场，访问用户；一面采取措施，压缩长线产品，增加短线产品，增产了适应农业、轻工、建材和市场需要的小型钢材、线材、普炭薄板、无缝钢管等产品。

就这样，在全厂上下的关心和努力下，该厂的结构合理了，产品畅销了。

经济责任制给安阳钢铁厂带来的另一个明显变化是，管理工作的重点改变了。

过去安阳钢铁厂的层层管理者都是只注重抓产量，结果生产了大批质次价高的产品。

实行经济责任制以后，该厂明确提出管理工作的重点是提高质量，增加品种，降低消耗，增强产品竞争能力，讲究经济效果。

实行责任制以来，该厂建立了全面质量管理小组44个，全厂40多种主要产品的质量都有了明显的提高。其中，铸造生铁被评为国家优质产品，还有5种新产品进入国际市场。

和安阳钢铁厂一样，通过责任制实现巨大转变的还有河南焦作市化工一厂。

从1981年下半年开始，围绕提高经济效益，焦作市化工一厂全面推行经济责任制。

在不断完善经济责任制时，该厂做到各个环节层层包，人人头上有指标；实行三级考核，厂包到车间，车间包到工段，工段包到个人，采用百分计奖法，分别考核。

这样一来，既把全面经济责任制与全面质量管理结合了起来，又使职工的工作一项一项地和个人经济利益挂起钩来。

同时，该厂还加强全面经济核算，严格考核制度。为此，他们先后举办了3期经济核算训练班，培训专、兼职人员60多人次。

为了做好这项工作，该厂领导有专人主管，财务科有专人核算，车间有专职核算员，工段、班组有兼职核算员，全厂实行当月考核，当月奖罚兑现。

同时，厂仓库和车间小仓库月月盘点。对质量检验、产量、原材料消耗、安全生产等情况，由各科室归口管理，各自严格把关。

责任制给这个企业带来了活力，实行责任制后，这个厂的产品成本下降，质量提高，利润增长，并很快就实现扭亏增盈，成了河南省化工战线上的先进单位。

同样发生在河南，1982年7月，洛阳玻璃厂落实经济责任制后，各类产品的主要经济技术指标月月全面超额完成国家计划，并提前75天完成了全年利润计划。

面对经济效益大幅度提高的喜人景象，干部、群众高兴地说："经济责任制给我厂插上了'金翅膀'。"

当时，这个厂学习了首钢经验，先进行试点，把企业对国家承担的经济责任放在首位，并把责任落实到下属5个车间。

以前，5个车间都不管成本指标，厂部费尽九牛二虎之力也完不成计划。

把责任分配到各个车间后,每个车间都包了成本、费用指标,完不成就会扣奖金。

在责任制建立之后,各车间千方百计努力完成各项指标,结果这个生产系统的主要经济技术指标月月都创新水平,有3项刷新了历史最高纪录。

广大职工尝到了甜头,看到了经济责任制的威力,从而坚定了全厂推行经济责任制的决心。当时,全厂上下出现了一个"分指标、抢重担、讲效益、争贡献"的热潮。

经济责任制还充分激发了大家学习技术、干好工作的积极性。之前,该厂布机车间有位挡车工,过去总是完不成任务,自己还觉着无所谓。

落实经济责任制后,这位挡车工感到"大锅饭"吃不成了,便下决心学习操作技术,苦练过硬本领。

1981年9月,这位挡车工开始超产,车头挂上了红旗。

1981年10月,在生产难度较大的情况下,这位挡车工又超产500多米布,合格率达99.2%。

吃"大锅饭"时,技术人员搞科研,一人出成果,全科都沾光,人人都有份,积极性调动不起来。

实行经济责任制后,项目落实到了人头,责任明确了,人们的积极性上来了。

就这样,不到3个月,厂部制定的7项科研项目有3

项初见成果。

落实经济责任制后,全厂后几个月的生产成本和各种原燃材料消耗有了明显下降,全厂耗水量净降了31.2%,节约水费10余万元。

在安徽马鞍山钢铁公司,其下属的焦化厂有4座炼焦炉,炉龄虽不相同,但患的都是一种病,那就是"打摆子"。4座焦炉时好时坏,好起来,还挂过"红旗炉"的牌子;坏起来,4万多个泄漏点跑烟冒火。

1982年3月,全国同行业评比,该焦化厂得了个倒数第一。

面对焦化厂如此落后的局面,新上任的厂党委书记臧兆朴感到压力很大。新到任的厂长宋凡雨,是个高级工程师,也感到难度不小。

当时,焦化厂车间党支部书记兼主任张先友,是个年富力强的中年人,他急是很急,但他急的不是跑烟冒火堵不住,他急的是堵住了今天的泄,保不住明天的漏。这个厂虽然实行过联利计奖计罚责任制,可实行起来总是和"大锅饭"差不多。

焦炉"病"好时,车间奖金发得多,车间所有的人得奖都是一样;焦炉"病"发时,车间奖金发得少,大家拿到的奖金还是一样。

正在张先友焦虑之际,新书记、新厂长带着科室干部来到了"火焰山"似的焦炉车间,并且向张先友等人提出:"这回绝不客气,堵一处漏洞,订一条责任制度,包干落实到每个人头,谁再犯'摆子'病,就罚谁;谁干得好,就多发给谁奖金。两个月不把焦炉的老毛病治好,我们请求处分,自动下台。"

张先友在焦炉车间干了 20 多年,新领导的这种新姿态,他很少见过。

面对厂领导铿锵有力的表态,张先友立即带领全车间 682 名职工,花了半个月的时间,把全车间 12 万多个泄漏点全部清查、补堵了一遍,把最容易跑烟冒火的长达 7 公里的炉门边沿全部清扫了一遍;又在全厂职工的帮助下,围绕焦炉筑起了一座座花台,栽上了花木,顺着车间的中心地带添置了 137 盆黄杨球盆景。

与此同时,全车间 577 条奖勤罚懒的经营责任制也随之同时诞生。

当时按规定,如果交班工人未尽责任,被当班工人发现,交班者的奖分就要加给当班的清扫者。

起初,有人不相信责任制真会有人负责检查照办,结果厂长真的天天上焦炉查漏,车间主任班班在现场挑疵,段长、班长更是丝毫烟火不放松。

在严格执行奖罚制度的压力下,工人一上岗就像侦察兵似的巡视着每一个可能泄漏的疑点。

开始,有人认为责任制无非是"制"工人的,对厂长能起什么作用?谁知,6 月,厂长出现了一个小问题,也被扣了 10 分,少得奖金 5 元。厂长被扣分,这件事对下面影响不小。

就这样，张先友在工作中出了大力，厂里给他记了一等功，并决定批准他晋升工资一级。

　　实行责任制后，焦化厂"摆子"顽症很快就治愈了，同时，厂区的环境污染状况空前改观，经济效益更是大为提高。光是堵住4座焦炉上的12万多个漏洞，8个月就为国家多回收了煤气400多万立方米。从这些煤气中还可提取近千吨化工产品，为国家创造的财富至少价值160万元。

　　焦化厂变新貌，这一事实告诉人们："平均主义"是不行的，工厂里的"大锅饭"实在是不能再吃了。

彭真组织起草企业改革法

1980年10月18日,彭真在人民大会堂主持召开了由国务院59个部委和北京市参加的关于起草《工厂法》和《经济合同法》座谈会。

在此次座谈会上,彭真就如何起草《工厂法》作了重要讲话。

根据邓小平和彭真同志的指示,从1980年8月开始,国家经委组织有关部门起草《工厂法》。

1980年11月,按照彭真同志的建议,由中央59个部委组成15个调查组,分赴四川、江苏、上海、辽宁、京、津等16个省、市、自治区,对制定《工厂法》的有关问题进行了调查研究。

开始工作不久,由于当时我国的经济体制改革刚刚开始,企业的领导体制和责任、权限等问题还需要进一步探索,立法条件不够成熟,主要是改变党委领导下的厂长负责制条件还不成熟,一时难以制定。

为了解决急需,国务院决定改《工厂法》为《工业企业暂行条例》,待条件成熟后再上升为法律。

1983年12月,彭真突然打电话叫来了国家经委的袁宝华和顾明。

见面后,彭真说,邓小平下了决心,并说耀邦总书记意见也一致，倾向于实行厂长负责制。

1984年1月16日，彭真又找王汉斌、宋汝棼、袁宝华、顾明，研究起草《工厂法》的工作。

当时，袁宝华建议加上中央组织部和全国总工会一共5家，组成3个混合组进行调研，3个组中5家都有人，可以先到上海、天津。

彭真立刻表示同意，并说：他也参加一个组，下去开调查会，可以找厂长调查2至3次，每次找几个人。

1984年2月12日到3月5日，彭真亲自带一个组先后到浙江、上海、江苏调研。

回来后，彭真专门给中央写了一封信，将他在浙江、上海、江苏做调查期间，就草拟《工厂法》的问题，同省、市负责同志，部分国营工厂的党委书记、厂长、工会主席等有关同志，以及调查组同志的谈话整理成《关于草拟国营工厂法的谈话要点》，报送胡耀邦、叶剑英、邓小平、李先念、陈云等中央领导参阅。

3月25日，邓小平批示道：

赞成，《工厂法》最好早点搞出来。

接着，由国家经委的袁宝华向中央书记处先后3次汇报起草《工厂法》的情况。

第一次汇报是在1984年4月2日，主要汇报了四个问题：一是这次调查浙江、上海的活动情况和收获，二是国营工厂内部实行什么样的领导体制，三是企业同外部的关系，四是根据彭真的意见，结合这次调查初步了解的情况，在国务院已经颁发的《国营工业企业暂行条例》的基础上，搞出的《工厂法》初稿。

1984年7月14日至8月3日，彭真又和袁宝华等人一起到辽宁、吉林、黑龙江三省，继续调查研究《工厂法》的问题。

1984年10月29日，袁宝华开始第二次向中央书记处汇报工作。在这次汇报中，袁宝华主要讲了试点工作进展情况和根据东北的调查实行厂长负责制需要解决的几个问题。

经过1984年一年的工作，彭真、袁宝华等人终于把《工厂法》草案基本上定下来了。

1985年1月10日上午，袁宝华开始第三次向书记处汇报工作。

在这次汇报中，袁宝华主要讲了四个问题：一是厂长工作座谈会的情况；二是试点的情况；三是一些有争议的问题；四是下一步试点的一些想法。

从1985年开始，彭真等人的工作重点转向人民代表大会（简称人大），为人大审议服务。每次人大常委会讨论，彭真总是亲自做解释工作。

1985年1月15日，国务院第一次正式向六届人大九次常委会提交了《国营工业企业法》草案审议稿。

人大常委在审议《工厂法》时，讨论很热烈，争论的焦点集中在工业企业党组织的责任到底是什么。

1986年11月15日，国务院第二次向六届人大第十八次常委会汇报，这一次向人大常委汇报的是第十三稿，名字改成《中华人民共和国全民所有制工业企业法》，简称《企业法》。

然而，由于当时阻力太大，《企业法》在人大常委会上没有通过。

以后又多次向人大常委会汇报都未通过，直到党的"十三大"明确了企业党组织的主要任务后，1988年3月5日，六届人大第二十五次常委会才同意把《企业法》草案正式提交3月25日召开的七届人大一次会议。

当时为了慎重，中央在1988年七届人大会议开会前，政治局召开全体会议，审议了《企业法》。

1988年4月13日，七届全国人大一次会议顺利通过了《中华人民共和国全民所有制工业企业法》，并决定于1988年8月1日开始执行，并将《企业法》全文在报纸上公布征求意见。

《企业法》的制定过程反反复复，3次向中央书记处汇报，多次经人大常委会审议，其间中央政治局还讨论过。这些艰难和曲折见证了当时的情况下推进改革的艰难，更见证了中共中央推行改革的决心是坚定的。

《企业法》提出企业可以采取承包、租赁等经营责任制形式。企业必须加强和改善经营管理，实行经济责任制，从而使推行承包经营责任制有了法律依据和法律保障。

在《企业法》提出"企业可以承包"前后，当时国务院和有关经济管理部门也出台了关于允许企业进行承包的政策。

1986年，受各种因素影响，国内大中型企业减利增亏严重。为了扭转这一趋势，国家机关开始研究在大中型企业全面推行承包经营责任制。

1986年11月，国家经委在北京召开了20户大中型企业领导人参加的企业改革座谈会。会议总结了承包经营试点的具体形式。

1986年12月初，国家经委向国务院报告了企业承包经营的试点情况。

1987年1月，国务院召开全国经济工作会议，提出要深化企业改革，关键在于推行多种形式的承包经营责任制。

同年4月，国家经委受国务院委托，召开了全国企业承包经营责任制座谈会，研究部署实行企业承包经营责任制。从此，承包经营责任制在国有大中型企业得到普遍实行。

1987年8月31日，国家经委、国家体改委发出《关于深化企业改革完善承包经营责任制的意见》，提出坚持"包死基数、确保上缴、超收多留、歉收自补"的原则，合理确定承包要素，招标选聘经营者，投资主体逐步转向企业，控制工资奖金过快增长等要求。

企业承包经营责任制的内涵是：包上缴国家利润，包完成技术改造任务，实行工资总额与经济效益挂钩。在此基础上，不同企业根据实际情况，确定其他承包内容。

　　就这样，在法律和各项政策的支持下，企业承包开始在全国各地实施起来。

四、实施承包制

- 人们惊问:"马胜利究竟怎么了?"

- 吉林省长把手一挥说道:"好!拿纸来,我说,你记……"

- 王光煌的爱人对他说:"万一你们干亏了,咱的彩电不就白扔了?"

马胜利成为承包第一人

1984年,马胜利因承包石家庄造纸厂,而以"马承包"名闻天下,并在全国掀起了"向马胜利学习"的热潮,后来他还被人称为"承包国有企业的第一人"。

马胜利的经历可谓非常具有传奇性。

马胜利1939年出生在河北保定市。1976年10月,马胜利来到了石家庄市造纸厂,成为造纸厂的一名普通工人。

1981年,改革风潮初起,面对眼花缭乱的市场变化,吃惯国家"大锅饭"的造纸厂无所适从,生产停滞、产品积压、资金紧缺等问题蜂拥而至。

由于工厂不景气,几任销售科长先后"弃官",另谋他就。

此时,马胜利自荐当上了销售科长,就职3个月后,他办起了纸张门市部和加工厂,销售科立刻变得红红火火。

此外,马胜利还开办了一个名为"好再来"的回民餐厅,收益也还不错。因此,马胜利连续3年被评为石家庄市先进生产者。

然而,三个春秋过去了,造纸厂并未扭转亏损局面。作为一名销售科长,马胜利深感无力扭转造纸厂的大局面。

但马胜利是个头脑清晰的有心人,并未荒废这段时光。除了通过刻苦自学而通晓纸张销售业务外,他还潜心分析了造纸厂的主要经济指标的构成,熟悉了从蒸煮洗漂到抄纸打包的生产工艺,并收集了大量全国同行业的信息情报。

有了业务知识和市场信息后,一个兴厂的计划在马胜利的脑海里日渐明晰起来。

1984年初,在全国承包风起云涌之际,中央关于经济改革的方针下达到基层后,石家庄市第一轻工业局领导决定,以一年赢利17万元的指标把造纸厂承包出去。

当时,造纸厂领导层表示不能接受。造纸厂党委书记刘广义干脆甩手离开工厂,到深圳"考察"去了。

此时,马胜利却在暗自思量,认真核算。一个一鸣惊人的计划在反复论证的基础上形成了。

1984年2月28日,石家庄造纸厂门前突然出现了一份《向领导班子表决心》的"大字报",红纸黑字,顿时引来一片哗然。

"大字报"是马胜利张贴的,他写道:

> 我若当上了厂领导,当年把17万承包利润掉个个儿,变成70万,力争100万;承包3年,后两年每年以10%的速度递增,完不成承包额,我马胜利甘负法律责任。

看到马胜利的"狂妄"举动，很多人纷纷议论起来："当科长还不知足，马胜利又想当厂长了！""马胜利倒聪明，自己把官帽子往头上套！"

在全厂上下哗然之余，人们马上又感觉出了异样的味道，原厂领导班子17万元都不接受，马胜利竟敢把17万元倒过来成为70万元，马胜利这不是明摆着拆领导的台吗？

马胜利的出格举动很快引来了惩罚，当时的厂领导班子一怒之下，撤了马胜利的销售科长职务。

事情闹到这一步，双方僵持不下，这使想搞折中主义，把指标略微提高仍让原厂领导承包的第一轻工业局领导颇为为难。

没有办法，第一轻工业局领导只好把情况反映到市里。于是，马胜利就主动到市经济委员会请缨。

对此，石家庄市领导非常重视，经过研究决定，由第一轻工业局领导主持举行一个竞标答辩会。

马胜利刚一"叫板"，就有人将危言耸听的"状纸"递到了市长办公桌上。然而，市领导们并未被"状纸"所迷惑，承包答辩会如期举行。

1984年4月2日，对马胜利、对中国的改革开放事业来说，都是一个有着重大历史意义的日子。

就在这一天举行的答辩会上，成竹在胸的马胜利对于各方的质问对答如流，"三十六计"和"七十二变"

的治厂之道，消除了领导的疑虑。

时任石家庄市长的王葆华后来回忆说：

> 当时石家庄造纸厂的境况是：当年国家下达的年产利润计划17万元，虽然石家庄造纸厂是一个拥有800多人的大厂，当时的厂领导却不敢接下来，讨价还价说还得亏损10万。结果马胜利杀了出来，他说："要是我，把17万掉个个儿，实现利润70万。"

最后，王葆华等市领导拍板鼓励马胜利承包。

承包"军令状"一签就是3年，当年下达的利润指标是17万元，马胜利承包指标是70万元，力争达到100万元。

合同签完，马胜利把铺盖卷往厂里一搬，面对全厂职工发誓说："造纸厂搞不好，我马胜利3年不回家！"

一时间，马胜利成了全国的新闻人物，压力自然也非同一般。造纸厂是个问题多、积习难改的老企业，要想搞好它，必须大动手术。

承包之初，马胜利面临的首要问题是组织领导班子。为此，他邀请厂内领导和技术人员共13人，参加了厂里的承包组。

接下来，改革干部"终身制"，精简机构实行联合办公，改革经营管理和分配制度，实行承包经营责任制，改造老产品、开发新产品等多条改革措施同时出台，企业顿时变了模样。

关于改革干部制度，马胜利很早就有了思路，早在签订承包书时，他就在承包书的两边贴了一副对联："大锅饭山穷水尽，终身制日落西山。"

上任后，马胜利不拘一格选拔聘任了50多位"能人"进入各级领导岗位。原来全厂设有28个科室、127名职能人员，因而机构臃肿，工作效率低。

针对这一弊端，马胜利及其领导班子采取了因事设编的办法压缩科室，对职能人员实行公开竞争，庸者下能者上，一身可兼多职。

此举使得职能人员锐减到30人，占职工总数的比例由13%降到3%，有百余人走上了生产线。

马胜利一上任就明令全厂："谁承包谁负责、谁负责谁出力、谁出力谁得利。"

为此，马胜利用公开竞争的办法建起了48个承包组，形成了一个责、权、利紧密结合的纵横连锁承包网络；并根据各职能部门任务的繁简轻重和各生产岗位的不同特点，制定出11个档次130余种绩效挂钩的分配方法。

在产品开发方面，马胜利的目标是要以"新、优、廉"取胜，改造老产品，开发新产品，打开销路，提高产品的竞争力。

为此，马胜利在造纸厂建起了情报中心，在28个省、市、自治区设立了专职和兼职信息员，及时反馈信息。

了解了市场需求后，随之而来的便是产品开发。为此，马胜利抽调技术骨干，组建起了新产品开发研究室。同时，马胜利还积极与社会科研组织联合，开发中高档新产品。

承包第一年，造纸厂先后改造了7个老产品，开发出14个新产品。

到第三年，造纸厂产品的品种增加到36个，从生活用品发展到文化、医药领域。

与此同时，造纸厂的产品也开始畅销全国，还远销20多个国家和地区。

就这样，马胜利的承包逐渐上轨。但在当时的情况下，周围的人心态极其复杂，其中就有不少想要马胜利出丑的人。

然而，事情的发展并未如这些"好事者"所愿，马胜利执掌了"帅印"后，实行起厂长负责制，并且在全国一举成名。

承包第一个月，造纸厂实现利润21万元，超过原定全年计划的20%。

承包5个月，实现利润100万，达到了军令状上的力争水平。

到年底，造纸厂利润突破140万元大关，比承包指标整整翻了一番。

1985年10月，正当马胜利带领着全厂职工为280万元的年利润指标奋力拼搏之际，社会上传出了这样的消息："马胜利的事迹是假的。"

消息从石家庄传到北京，人们惊问："马胜利究竟怎么了？"

谣言之后，接踵而至的是9个调查组。不足千人的工厂，接受调查的职工竟然高达300多人次。

此时，职工们心慌意乱、人心涣散，马胜利也是晕头转向、一头雾水，病倒在他那间只有8平方米的办公室兼宿舍里。

于是，"好事者"罗列马胜利"九大罪状"：

第一条，马胜利是在原厂领导班子的启发下承包的；第二条，马胜利在全国经济会议上介绍的新产品，纯粹就是从中国香港地区和日本带回来的，造纸厂根本就未生产……

面对调查组的紧张调查，马胜利带领职工继续为280万元的计划拼搏。

就这样，各调查组紧张地进行着核查工作，造纸厂的生产竞赛也在热火朝天地进行。

调查的结果很快出来了，"九大罪状"查清了，调查组一致得出结论：告状人反映的情况基本不实，有些纯属恶意中伤。

当调查组把"好事者"告状的内容和结果公之于众时，职工们义愤填膺，纷纷为他们的马厂长鸣不平。

1985年11月30日深夜，坐落在立交桥脚下的石家庄市造纸厂鞭炮齐鸣，280万元的利润目标提前一个月完成了。

到1988年，马胜利承包造纸厂4年，造纸厂的变化惊人：固定资产由700万元增加到1100万元，产值由800万元提高到2000万元，利润由17万元猛增到340万元，出口量增加了5倍，年创汇200万元。

同时，造纸厂没靠国家投入一分钱便更新了主要设备，引进了6条生产线，采用了12项新技术，主要产品还获得了市、省、部优，"猫球"牌卫生纸获国家银奖。

吉林省率先推行承包制

1987年，一度被冷落的承包经营责任制，突然"时来运转"，不仅被认定是搞活企业的一个"法宝"、一种"模式"，而且被推崇为很可能是社会主义国家完善企业经营机制的一个创举。

承包制终于"名正言顺"了！

伴着这一历史性的转变，我国省、市、自治区中推行承包制时间较早、面积较大、效果较好的吉林省，终于抬起了头颅，挺直了腰板。

在此情况下，吉林省引"包"进城的经验以及因此带来的巨大变化，陆续在一些全国性会议上得到详细介绍，并且频繁地出现在广播、荧屏、报纸、期刊。

于是，人们开始思考：农村包产到户的鲜花，之所以首先在江淮大地灿然开放，决定性因素显然是当时安徽省委的精心浇灌；而企业承包经营的星星之火，能最先在吉林省内熊熊燎原，是不是也与省委、省政府的坚决支持有关⋯⋯

事实正是这样。当时，吉林省党政领导不仅"咬"住承包经营不放，而且为此经受了沉重的思想压力，承担了相当的政治风险！

选准承包之路固然可喜，但是坚持下来更不容易。

吉林省的承包经营起步于 1982 年秋天。

当时,在吉林省吉林市的带动之下,全省实行盈亏包干责任制的企业接近企业总数的一半。

到年底一算账,承包的效益十分可观:从全省来说,预算内企业亏损额比上年减少了 6500 万元;从吉林市来看,仅 4 个月就将上缴利润数额由"零"增加到 850 多万元。

示范的效应是巨大的,1983 年初,承包制在吉林省全省工业交通企业一"推"就"广"。

半年过去了,吉林省全省工业产值、实现利润、上缴利税都嗖嗖地同步"冒高"。

1983 年 7 月 26 日,吉林省政府就上半年工业生产的大好形势,向国务院写了正式报告。

8 月 4 日,国务院将这个报告转发各部委和各省、市、自治区,并特别指出:

> 这在全国大多数地方工业生产速度不低而经济效益普遍不好的情况下,是特别令人高兴的成就。

事物的发展偏偏曲折而又凑巧!此时此刻,本该兴奋、自豪、欣喜的吉林省领导同志却一个个满脸愁云,满腹烦恼。

原来,六七月间,国家对国营企业实行利改税的决定传到了下边，精明的厂长、经理们一揿计算器，发觉当时的利改税办法往往形成"鞭打快牛""水涨船高"，企业越拼命干越不合算的情况。他们多数愿意继续实行承包制呀，但又意识到这需要得到中央有关部门的特别批准，而这种可能性几乎等于零。

他们当然希望省委、省政府能出面"顶住"，但也觉得几乎没有这种可能性，因为"胳膊终究扭不过大腿"呀！

于是，这些厂长、经理们思想苦闷，心灰意冷，一想起承包合同不能兑现，企业、职工应该得到的好处打了水漂，挖掘企业潜力的劲头也软下来了。

此时，吉林省不断接到各地、市、县的"警示"：生产增长减速，利润指标下掉……

情况紧急，怎么办才好？如果"顺水推舟"，趁机毁弃合同、中止承包，那么既符合了国家政策，又无风险，还很省心。

但是，吉林省委、省政府领导却没有那样做，他们想的就是千方百计推进改革，坚持承包。对此，他们认为：承包制也好，利改税也好，都是为了发展社会生产力；从实践上两相比较，前者比后者更易被企业的职工、干部接受，效果更好。而且，承包合同早在年初就已签订了，维护政策的稳定性和连续性十分重要。如果在这个问题上态度不坚决，旗帜不鲜明，那么不仅工业生产的大好形势保不住，而且企业改革的"前功"很可能会

"尽弃"。

经过深思熟虑，吉林省长把省财政厅的负责同志请到自己办公室来讲明情况。

就这样，认识很快统一，吉林省长把手一挥说道：

好！拿纸来，我说，你记——
年初各地对企业签订的包干合同，只要符合国家得大头、企业得中头、个人得小头原则的，一律按合同兑现，该奖的要奖，该罚的要罚……

吉林省长抑扬顿挫、不紧不慢地口述完了，又拿过记录仔细看了一遍，抬起头来，斩钉截铁地说："一字不改了。以省政府名义，马上用加急电报发下去！"

9月初，吉林省委工作会议又重申了省政府紧急电报的精神。

看了省政府的紧急电报，企业干部职工吃了坚决兑现承包合同的"定心丸"，心中的石头落了地。

很快，全省各地生产的"滑坡"现象停止了，经济效益指标又昂起了头。

这一年，吉林省全省工业产值比1982年增长14.7%，财政收入增长21%；收支相抵，竟然有了1亿多元的节余，这是吉林省10多年来的第一次。

当然，是改革就一定会有矛盾。当时，企业经营机制的转变，必然和旧的经济体制发生矛盾，想躲也躲不开。正如俗语所说：躲过了初一，躲不过十五。

1984年初，吉林省委、省政府经过深入调查研究，作出了一个新决定：变承包经营为在利改税基础上的目标管理。

这一改变虽被一些厂长、经理嘲笑为"脱了裤子放屁"，但他们对此还是表示满意的。因为这样既不违背利改税原则，又能用承包的机制去激励企业奋发进取，使企业既有动力又有压力，从而也就有了活力。

果然，1984年，吉林省的工业产值又比上年增长13.6%，财政收入增长21.6%。

1984年底，国家体改委向党中央、国务院和全国各地发出了题为《吉林省实行"目标管理"办法效果显著》的简报，对吉林省的这一变通办法给予充分肯定。

谁知，正是这份简报，引起了有关部门对吉林省的关注和疑虑。他们察觉，吉林省有的企业在上缴利润时出现了"到站下车"现象，即目标任务内如数上缴，超目标部分却自行留下了；有的企业还用这部分资金搞了集体福利。

这种情况发生在全国基建投资失控和消费基金严重膨胀之时，那当然是十分扎眼的。

于是乎，上面派的调查组接踵而来，吉林全省上下笼罩着忐忑不安的气氛。

其实，面对全国上下的质疑，这时候的吉林省委、省政府领导,想得最多的根本不是自己的境遇。他们在思考着革除旧体制种种积弊的问题:当时有家酒厂,1981年霉烂酿酒原料47吨,丢失麻袋1万条,丢失酒瓶22万个,20辆公用自行车花去修理费3200元,平均每辆花费160元。有家钢管厂,1981年烧坏电机110台,损坏轴承1万多套……

为什么如此?不就是因为"大锅饭"太香,责、权、利太不统一吗?而承包经营就能解决这样的"老大难"问题。

吉林省委、省政府还惦记着全省那1万多个设备老化、技术落后的企业,既有中华人民共和国成立前遗留下来的烂摊子,又有"一五"期间兴建的骨干厂。

对于这些落后企业,国家当时也拿不出钱来搞更新改造,难道让它们"自己的梦自己圆"也不可以吗?

吉林省委、省政府牵挂着与企业同患难、共命运的广大职工,30多年来国家欠下的生活福利账太多了,总不能让那些20世纪50年代入厂的老工人老是祖孙三代滚在一铺炕上,挤在一间屋里……

吉林省委、省政府也搜集着反映承包制威力的各种事实和数据,例如吉林省冶金系统,实行承包的1983年和1984年同未承包的1982年相比,两年增加工业产值12.2亿元,实现利润增加近2.2亿元,上缴的利润、税金净增1.13亿元。因此,虽然这两年企业多留利7000万元,但这7000万元全部投入了15项重点改造工程,变成了企业新增加的固定资产……

想到这些，吉林省委、省政府领导们的心中充满了自信，他们不否认承包制还需要完善，省里工作也有不足之处，但他们坚定地认为，承包制确实是破除"大锅饭"和平均主义的一种有效办法，能调动经营者和生产者的积极性，有利于发展社会生产力。

有了全面的认识，吉林省委、省政府的领导们心平气和，热情地接待了上面来的同志。

当时，从吉林省委书记、省长到有关厅局长，他们按照要求，轮流向调查组汇报情况、听取意见，或者陪同调查组参观、考察，随时解答问题。

有说服力的事实，省领导同志诚恳、坦率的态度，使上级机关的同志加深了对承包制的了解和理解。

就这样，随着北方夏天的到来，人们心上的冰块渐渐融解。改革路上的又一道难关渡过了。

1986年5月底一天下午，在吉林省长春市工人文化宫宽阔的门前，小汽车、大客车、摩托车、自行车挤得满满的。1450个座席的礼堂座无虚席，连走廊、过道、乐池、后台也是人挤人。

全市各企业的厂长、书记、工会主席、各主要业务科长，在1小时前甚至半小时前接到通知，赶来听市领导传达省里的经济政策。

此时，这些企业的领导们心里明白，所谓"经济政策"就是"承包经营"的同义语，但他们的脸上、眼里却写着期待、疑虑、焦急。

有人在"咬耳朵"：莫非省里想出了新主意？承包经营还能不能搞下去了？

事情的结果是这样的。原来，1985年下半年，国家决定企业进行自费工资套改，把奖金拿出来增加到固定工资上。

当时，吉林省有7000个企业拿出了2.4亿元奖金，平均给每个工人长了一级半工资。

这样做，职工当然普遍欢迎，但厂长、经理却犯难了：活奖金变成了死工资，刚打破一点儿的平均主义又以新的形式出现。厂长、经理手里没有钱作为奖励基金，再严密的经济责任制也缺乏兑现手段。

同时，还有些事令厂长、经理有口难言。当时企业中有些人故意模糊了一些是非界限：说什么实行厂长负责制就是削弱党的领导；企业经营者按承包合同领奖就是"一切向钱看"，甚至有人威胁其中的共产党员，说他们是"要钞票，不要党票"。

此外，厂长、经理在组织生产中也面临一系列困难：燃料、动力涨价，平价原材料难买，流动资金利息上升，税种增多、税率调高……

压力，各种各样的压力，经济的、政治的、社会的、党内的、有形的、无形的，一股脑儿向这些厂长、经理们袭来。

在这种情况下，相当一部分搞承包的同志支撑不住，想打退堂鼓了。

长春市到 5 月中旬，120 户预算内企业只有 54 户勉强同意继续承包；从全省看，情况同样不妙。

这一切，吉林省领导们看在眼里，急在心里。他们深入调查，反复分析，一个聪明的想法化作生动、形象的比喻：大面积的干旱虽然无法防止，小区域内却可以人工降雨；数九严冬虽然寒冷异常，塑料大棚里却瓜嫩菜绿，一派春意。

这个主意的具体做法就是，他们决定在吉林省独立负责地运用党和人民交给的权力，采取措施支持承包、稳定承包。

2 月底，在全省工业生产办公会上，吉林省委、省政府拿出了 8 条扩大单项承包的意见。

5 月 8 日，在全省工业生产经济效益分析汇报会上，吉林省委、省政府又推出 8 条政策与企业见面。

5 月中旬刚过，吉林省委、省政府决定同时召开全省经济体制改革会议和全省经济工作会议，集中研究如何在不利的条件下，把承包经营坚持下去并搞得更好。

5 月 27 日上午，吉林省长在闭幕式上宣布，经过集思广益重新制定的搞活企业 16 条意见，就像是为"受旱"的承包经营从政策上下了一场"及时雨"。

这样估价"16 条"的作用并不过分。接到这个 16 条意见后，吉林省各地、州、市负责同志"雷厉风行"地赶回去开传达会议。

长春市凭借省会的有利条件，用几十部电话分头通知，硬是在短时间内就开成了上面提到的那个传达会，而且是"一竿子插到底"。

果然，长春市领导把"16 条"逐条宣读完毕，台上台下顿时掌声四起，经久不息。

这暴风雨般的掌声，既表明了吉林省广大企业经营者和生产者对承包制的拥护之情，也表达了他们对吉林省委、省政府顶住压力、坚持改革的深深敬意。

1987 年，中央正式允许企业承包后，吉林省委、省政府更是非常积极地采取措施，支持全省企业进行承包制改革。

全国各地兴起承包经营热

1987 年前后，在国务院放开企业承包政策后，全国各地的企业都兴起了承包热。

1987 年，"包"字进入我国最大的工业基地上海。

1987 年 6 月的一天，上海市 119 家企业的厂长们聚集一堂，分别同各自的主管工业局和市财政局签订了为期两年或一年的承包经营责任制合同。

当时，大面积推行承包经营责任制，是上海市人民政府为进一步搞活企业，特别是大中型企业所采取的重大措施，是推动全市"双增双节"运动深入发展的关键步骤。

保证国家财政多收入是上海推行承包经营责任制的基本指导思想和主要目的。

当时，上海各主管工业局和市财政局在同各企业核定承包基数时，都注意确保国家财政收入持续、稳定地增长。

当然，此次上海承包出去的企业的经营情况千差万别，有些增产增利，有些因消化不了原材料提价因素而增产减利，有些因行业不景气而减产减利，有少数企业亏损。

对此，上海推行承包经营责任制工作时，工作做得十分细致，在深入调查研究的基础上，根据企业的不同特点，采取了不同的承包形式。

当时，上海无线电二十三厂就根据自己的情况选择了租赁承包。

上海无线电二十三厂是一家有 700 多人的国营企业，该厂主要生产气象探空仪。

在当时的无线电领域，上海无线电二十三厂论规模不算小，但由于僵化的管理体制的束缚，工厂缺乏活力，生产逐年走下坡路。

1986 年，上海无线电二十三厂的利润由 1985 年的 104 万下降到 17 万元，落到勉强得以糊口的地步。如按此下去，估计以后利润也是有减无增。

面对这种情况，许多职工心灰意冷，对工厂的前途失去了信心。

出路只有一条：改革！于是，该厂的主管单位上海市仪表局决定对这家厂实行租赁承包。

招标启事一公布，即在全厂、在全行业甚至上海市引起了不小的震动。

出来"揭榜"的有该厂的十几名共产党员，以退居二线的老厂长周允芳挂帅，包括副厂长、计划科长、经营科长在内的 5 人小组；有厂工会主席陈启平和其他 4 名干部组成的承租小组；还有以工程师朱慧霞为首的技术人员组。

面对质疑，三组人员各不示弱，就这样，三份投标书几乎同时送到了上级主管部门。

这场夺标虽没有竞技场上激烈争夺的场面，却也扣人心弦，因为不同的承办人将会决定着企业未来不同的走向。

谁最有资格中标呢？主管部门首先对投标者的方案一一进行了会审：根据租赁 4 年的要求，老厂长那一组提出，到 1990 年实现利润 610 万，其中当年为 60 万，第二年 120 万；工会主席陈启平小组的目标是 320 万；工程师朱慧霞小组为 280 万。

当然，这不是拍卖一件物品，谁出高价谁就中标。承租一个企业还得看承包方案的可行性、具体打算等。如果没有好的发展方案，提出的目标再高，实现不了，也没有用啊。

答辩会是夺标的高潮。

在答辩会上，由各方专家组成的考评小组毫不客气地提出了一连串问题。

当时，工程师小组对国家考核的 5 项经济指标只答出了 3 项；对于解决工厂的主要问题，他们认为是抓好新产品开发，否则经济效益上不去。

这也许有道理。但老厂长那组有不同见解：工厂的主要问题是管理混乱，劳动纪律松弛。

因此，老厂长那组提出，第一，要从严治厂，抓好管理；第二，要调动人的积极性。上海无线电二十三厂的技术人员的人数占职工总数的 22%，这是工厂的优势，要调动技术人员、中层干部和全厂职工的生产积极性。

一场答辩会后,考评小组认为,夺标各组的长短之处均有所显示:老厂长周允芳小组的承包方案比较全面,对加强管理、内部挖潜、新产品开发都有全面打算,小组成员有一定的管理经验。

工会主席陈启平小组虽不及前者,但措施落实,有干劲儿,有组织能力,整体素质比较好。

而工程师朱慧霞小组都是技术人员,有较强的产品开发意识和开拓精神,但缺乏管理经验。

最后,职工的测评结果与专家们的评定不谋而合,职工中支持老厂长小组的占大多数。

6月22日,上级主管局宣布,周允芳小组为该厂租赁承包中标者。

不久,周允芳小组正式同上海市仪表局签订合同,并以1.5万元私人财产作抵押。

就这样,两年前退居二线的55岁的周允芳又挑起了厂长的担子。

上海无线电二十三厂作为国营企业第一家实行租赁承包,之后,又有更多的小企业提出租赁承包的要求,又出现一批新的夺标者,这在上海市无疑是一个很有意义的开端。

像上海市大面积推行承包一样,当时全国各地都在积极推行承包。

在广东省肇庆市,1987年该市在深化改革中,对企业实行"蓄水养鱼，扶持发展"的方针，对全市42家国营工厂全面实行承包经营责任制。

当时，肇庆市承包经营分四种类型，第一种，对亏损企业实行亏损包干，超亏自负，盈利全留，一定一年。如发生亏损，企业要用自有资金补偿，补偿不足，再用企业职工年工资总额的25%补偿。

第二种，对微利和处于亏损边缘的小型企业，实行盈亏包干，盈利全留，亏损自理，一定三年。发生亏损时企业用自有资金补偿，补偿不足，则再用企业年工资总额的25%顶补。

第三种，对技改还贷企业，以及核定上缴包干、超利全留企业，一定三年不变。增盈先保当年还贷计划后，再由企业自主安排。

第四种，对盈利企业实行核定利润包干上缴，超额比例分成，一定三年不变。

肇庆市推出的这四类承包非常具有代表性。当时在全国兴起的承办热中，很多承包方式都和这几种方式有关。而承包方式的多样性无疑促进了承包制更能适应各种企业情况，这也进一步推动了承包热的兴起。

实施全员抵押承包获成功

20 世纪 80 年代,在全国推行承包制时存在一个大难题,即国营大中型企业,机器一转就是上万元的投入产出。搞承包时,盈了好办,亏了谁赔得起?

为了解决"包盈包不了亏"这个承包中的难题,抵押承包应运而生,抚顺钢厂钢管分厂就是通过抵押承包取得成功的。

当时,拥有 733 名职工、年产钢管能力 2000 吨的抚顺钢厂钢管分厂,利润却一直在 100 万元左右徘徊。

面对徘徊不前的局面,钢厂厂长张宝琛决心在这个分厂搞承包试点:第一年向钢厂上缴 400 万元利润,以后每年递增 20%。

钢管分厂厂长丁成说:"光我们几位领导可包不起,必须让全体职工都参加财产抵押承包,盈了大家分享成果,亏了大家共同赔偿。"

就这样,承包合同规定的抵押条件是:厂长、书记、工会主席各拿 2000 元,副职每人拿 1500 元,工段长每人拿 1000 元,工人每人拿 500 元。

同时,承包合同还规定年终如果完不成指标,则每个人还要降一级固定工资,扣发 40% 的浮动工资和全年奖金。

经济利益是最能打动人心的。当时，钢管分厂的每个职工、每个家庭都在商量财产抵押的事情。

刚结婚不久的团委书记王光煌不知道去哪里找1000元现金。于是，他和爱人商量："拿咱们的彩色电视机作抵押吧？"

"万一你们干亏了，咱的彩电不就白扔了？"他的爱人谨慎地说。

"真要是那样，白扔的也不只是咱们一家。大伙儿都押那么多钱，谁还愿意看着厂子亏损？"

就这样，小两口决定用电视抵押。谁知，押物必须经过价格核定，按购买日期折旧，王光煌的14英寸彩电只值900元了。

没办法，王光煌只好另外加上100元现金。

工具工段段长戴民家里没有很值钱的东西，只好和爱人商量，把给孩子存下的1000元独生子女费拿出来作了抵押。

老工人刘忠明和4个儿子、2个儿媳都在钢管分厂工作，他们7口人共拿出了3500元抵押金。

就这样，在工厂上下的努力下，全分厂职工共拿出62.5万元押金。

经济风险使得每个人都对工作形成了强烈的责任感。冷轧工段过去每月要消耗3副辊轴，1副就要2.4万元。

实行抵押承包后，该工段人人精心操作，3个月还没坏1副辊轴，仅此一项就为单位节约了21.6万元。

过去夜班工人经常打瞌睡。为此，分厂厂长还受到钢厂的通报批评。

实行抵押承包后，各个岗位都定了指标，在指标的压力下，睡觉的工人一个都没有了。

医院的大夫感慨地说："现在钢管分厂的病人都待不住了，一个个急着要出院。"

实现全员承包后，该厂的变化还有很多：

以前，挣钱的活儿大家抢着干；现在，不挣钱的活儿也有人主动干。

以前，开职代会，人们提的大都是生活福利方面的问题；现在，开职代会，人们都是围绕着如何抓生产、提效益讲。

以前，工人们只关心自己岗位上的工作；现在，工人们经常打听的是：入库多少钢管了？实现多少利润了？就连家里的老人、孩子也时常打听厂里的生产情况。关心工厂已变为全体职工和家属的切实行动。

1987年2月，钢管分厂完成利润52万元，按规定可以向总厂借资发放奖金，平均每个人比其他分厂多得20多元。

多劳多得本来无可非议。然而在当时，不患寡只患不均的平均主义思想仍有市场，其他分成的人都不服气了，钢管分厂为什么多发那么多奖金？我们不给他们供气、供料他们能完成那么多利润吗？

于是，另外4个分厂3000多人拒绝领奖。领导者最担心的问题出现了。不领奖金还好说，万一哪个生产环节上出现问题，2万多人的大厂可就乱套了。

"是坚持承包兑现还是退回去？"厂长张宝琛陷入了两难境地，为此，他和书记商量：只能前进，不能后退。但一定要讲明政策，以理服人。

于是，张宝琛就向全厂职工讲："改革就是要体现多劳多得，哪个分厂超额完成利润就给哪个分厂多发奖金，但是自己不多干，光想吃别人的'大锅饭'不行。"

敢于坚持政策，就能保护承包者的积极性。1987年1至5月，钢管分厂实现利润350万元，是1986年全年利润总额的2.8倍；1987年年终实现利润800万元，是核定基数的2倍。钢管分厂的经济效益也由全国同行业第七位跃居到第二位。

实行承包制造就各类人才

1987年，在四川省灌县召开的全国中青年企业家改革研讨会上，近 200 名与会者通过热烈的讨论和探索后认为，中国的企业改革之所以走向承包之路，有其深刻的社会原因和制度基础。

其实，实行承包制的原因，一方面是它可以救活很多企业，另一方面是它还带来了其他方面的效益。而在这诸多效益中，承包打破了原来僵化的干部人事制度，给中国经济带来了人才，这个效益非常显著，也非常重要。

当然各地在承包中，对人才的重视也有一个过程。

河北省石家庄市的光学仪器厂在 1984 年实行承包，承包者是石家庄市无线电五厂。

当时，在实施承包之初，石家庄市有关部门事先没搞多少考察和可行性研究，就把企业包了出去。

承包出去后，有关部门又没在产品生产和经营管理上下功夫，结果造成企业严重亏损。

当地人把这种承包归纳为"三拍"：承包时拍胸脯，经营中拍脑袋，弄不下去了拍屁股走人。

通过这件事，石家庄的领导者意识到，并不是凡承包、租赁必能成功；无论什么企业，无论采用承包还是租赁形式,都有一个"人"的问题。只有承包、租赁者素质好,又能干,被承包或租赁的企业生产力才会迅速发展。

因此,选好承包、租赁人成为此后石家庄选择承办者的重要标准。

在改革的年代,许多人想一展才华,干一番事业,石家庄市注重把改革的热情、勇气同科学的态度相结合,谨慎、认真地选择人才。

有了正确的选人标准,石家市此后的承包顺利多了。被称为"中国企业承包第一人"的马胜利,就是在石家庄市领导的慧眼下,被发掘出来的。

有了正确的人才观念,有了成熟的承包制,各种真正的人开始脱颖而出。

当时,认识到人才重要,并认真选拔人才的事例在全国各地都有。

1986年5月中旬,在河南省郑州市,煤炭化学工业局招聘郑州化肥厂厂长考评答辩会正式举行了。

10名应聘者经过实地考察,都在答辩会提出了一套自己的治厂方案。

有一个叫赵自立的工程师,原是密县化肥厂厂长,他的答辩就很有意思。他讲了化肥厂的潜力,讲了化肥厂损的主要原因,讲了他受聘后将采取的治厂方针。

考评委员会的同志大多是煤化系统的专家,问道:"你将怎样'组阁'?"

"在厂内选拔。"

"治厂方针受到干预怎么办?"

"首先检查我的这一套是否符合中央政策,如果符合,就要据理力争,寸步不让。"

"如果厂里的骨干力量不服从你的领导怎么办?"

"出以公心,坚持原则,以工作实绩去取得职工的信任。"

"如何处理党政群之间的关系?"

"厂长在企业里处于中心地位,但重大决策,一定要征求党委和职代会的意见,接受监督。"

……

赵自立的答辩多次受到职工代表的鼓掌欢迎。

经过这样的考评,一是承包人弄清楚了企业的家底,二是在广泛比较中确定下来的承包人获得多方面的支持,能较好地挑起这副担子。

在安徽合肥,当时企业承包的力度更大,仅1986年,一次就有10多个企业实行了承包。顿时,10多个"能人"在合肥诞生了。

1986年12月,合肥制笔厂试行资产经营承包责任制。此时,48岁的"老笔人"叶惠民虽然连初中都未上过,但在这个厂向全社会公开招聘厂长的竞技、竞德场上,却一举战胜了17名竞争对手,其中包括3名名牌大学毕业生,夺得了厂长桂冠。

他的投标数是:1987年全厂实现利税92万元,1988

年实现利税 104 万元。如果他兑现了承诺，不仅国家、企业、职工可以多收、多得、多奖，他和他的 4 名助手人均可获得 4000 元奖金。

一年过去了，合肥制笔厂的产品质量大大提高，不仅畅销国内，还首次打入国际市场。

1987 年，全厂全年已实现利税 160 多万元，相当两年利税承包计划。

安徽省肥东酒厂则由一位年仅 24 岁、曾学过酿酒技术的中技毕业生周启发个人承包经营。

在他上任之时，肥东县委、县政府就对他们解除了一切"捆绑"。他一上任就宣布取消全厂干部和工人之间的界线，统称酒厂职工。

这位小厂长承包期只有一年，但他凭着县里给他的特殊政策，引进了大中专毕业生 15 人、高中毕业生 67 人、生产经营能手 36 人。

一年前，全厂实有职工 100 多人中几乎没有高中水平的职工。

到 1987 年，全厂实有职工 400 多人，高中以上文化程度的职工人数已占全厂职工总数的 70% 以上。而在关键的酒精车间，高中以上文化程度的职工人数已达到 90% 以上。

有了人才，效益就会有所提高。周启发承包之前，有 30 多年历史的肥东酒厂的产值一直在低水平上徘徊，酒的质量也不好，人们称其为"摇头大曲"。到 1986 年底，全厂累计亏损63万元。

1987年，周启发承包酒厂之后，酒厂产值一下就上升到600多万元，实现利税120多万元，酒的质量迅速提高，一种优质特曲上市后大受顾客欢迎。

承包，拯救了中国的经济；承包，也打破了中国城市经济的旧格局。根据合肥市的承包实践，我们可以得出这样一个结论：

只有招标竞争，"能人"才能脱颖而出；只有解除五花八门的捆绑，人才方能辈出，而承包无疑实现了这两个条件。

承包制给企业带来生机

　　1987年，继上海石化总厂、辽阳化纤总公司之后，我国又一个大型化纤工业基地——仪征化纤工业联合公司在扬子江畔崛起。

　　一时间，仪征化纤工业联合公司像一颗璀璨的明珠，引起了国内外的关注。

　　仪征化纤工业联合公司是我国于20世纪70年代末引进国外先进技术建设的22个大型项目之一，也是"七五"期间国家重点工程之一，总投资为25亿元。

　　到20世纪80年代末，仪征化纤工业联合公司才全部建成；建成后，年产合成纤维近50万吨，相当于1000万亩亩产百斤皮棉棉田的总产量，占当时全国化纤总产量的30%以上。

　　有人估算了一下，仅用仪征化纤联合公司的化纤同棉花混纺就可为全国人民每人每年提供一套新衣。

　　然而，建设这么一个大型企业，当时国家总共只安排了基建拨款3亿元，其余全部是靠贷款建设的。

　　公司总经理任传俊曾风趣地说："我们全公司一万五千名干部、工人，个个都懂得自己肩上的重担：因为我们是'借鸡下蛋'，要边建设、边生产、边还本付息。"

　　仪征化纤联合公司从1986年底开始逐步实行承包经

营，承包形式因单位不同而异，主要有：

内部结算、利润分成的联利承包；以定额补助或以收抵支节余分成为特征的总费用承包；百元产值工资含量包干或百元产值提留经理基金的联产承包；节能降耗、车辆维修、自营工程等单项承包。

这些承包形式，内容明确，细则具体，很快就为广大群众所接受。

接着，二级单位向联合公司承包的指标也层层落实到车间、工段、班组和个人，做到"横向到边，纵向到底"。

在搞承包时，任传俊还意识到，搞好承包经营责任制的关键，是在确定承包要求、内容和方法时，要有正确的指导思想。

为此，总公司在同各单位签订合同书时，注意掌握以下三点：

一是责、权、利三结合。承包责任书中既有定性要求，又有定量指标；既坚持当年效益，又强调保持后劲。

二是摆正国家、企业和个人三者的关系。不论是生产还是分配，都要把国家利益放在第一位，保证完成国家下达的指令性计划，国家得大头，企业得中头，个人得小头。

三是坚持包、保、核三统一。承包任务、保证条件和考核奖惩办法是承包书中的主要内容，三者互相制约，形成一个体系。

承包以后，广大工人首先是算国家、算企业这笔账。

当时，涤纶一厂夹包工段承包合同规定，操作工每破损1包短纤维要罚0.5元钱。

面对如此严厉的规定，工人们却说，按现在的收入水平，个人少收0.5元钱是小事，但是每破1包，企业就要少收入600元。

为了减少损失，工人们在操作中注意轻夹轻放；每人身上还带着针线包，破了就赶紧缝好。

承包前，这个工段最高一天破损达五六十包，实施承包后，1个月只破了8包。

承包也使个人的观念发生了变化。

承包前，不少工人的效益观念不强，用钱向上要，生产好坏上面包；承包后，每个职工都开始用企业决策者的眼光来挖掘增产节约的潜力。

当时，涤纶一厂纺丝车间职工算了一笔账：如果每吨短纤维的原料消耗降低1公斤，1个月节约的原料就能多生产10吨短纤维。

于是，当月这个车间就利用节约的原料，为国家多生产了 700 吨短纤维，这等于从"废料堆"里为国家创造了 490 万元的收入。

和涤纶一厂一样，承包后，在整个仪征化纤工业联合公司，增收节支已在全公司形成风气，仅加强管理一项，4 个月就节约经费开支 62 万元。

承包后，公司经济管理干部的思想认识也发生了很大变化。他们说："过去'大锅饭'吃惯了，把主人翁责任感都吃没有了。现在，分锅立灶，职工个人利益同企业的利益直接挂钩，千斤重担分在众人身上，谁不想把企业搞得兴旺发达呢！"

看到仪征化纤工业联合公司取得如此大的成绩，各地的记者们来了。

在谈到将来的打算时，任传俊说："我们公司从 1985 年试生产以来，已经生产化纤纤维 18 万吨，创税利 4 亿元。1987 年，预计生产涤纶 17 万吨，创税利 3.5 亿元。"

任传俊自信地对记者说："按目前公司的经济效益，到 1988 年，一期工程所借贷款就可以全部还清。从 1985 年到 1990 年，将生产化纤 131 万吨，实现利税 26.5 亿元，相当于一期和二期工程的总投资。"

谈到此，任传俊站了起来，充满憧憬地说："到那时，一个基本靠借贷建设起来的现代化的化纤工业基地就全部建成了。"

听了任传俊的话，记者被感动了，在《人民日报》的一篇文章的结尾，这样写道：

● 实施承包制

任传俊同志铿锵有力的回答，正反映了承包经营后仪征化纤工业联合公司广大职工建设"四化"的毅力和气魄。

是的，是承包制赋予了仪征化纤联合公司无限生机与活力，是承包制使仪征化纤联合公司这样大的项目在国家仅投资3亿元的情况下就建成了，也是承包制使任传俊对公司的前景充满了信心。

在企业承包改革的浪潮中，像仪征化纤联合公司这样，通过承包焕发生机的是非常多的，因此，很多经济工作者感叹道：

是承包制给我们的企业带来了无限生机啊！

本书主要参考资料

《中国经济改革 30 年》王佳宁著 重庆大学出版社

《大转变：国有企业改革沉思录》陈芬森著 人民出版社

《中国企业改革与发展案例》张承耀主编 经济管理出版社

《转折：亲历中国改革开放》吴思 李晨著 新华出版社

《邓小平的最后二十年》余玮 吴志菲著 新华出版社

《鲤鱼跃龙门——中国企业改革备忘录》张承耀编著 经济科学出版社

《中南海三代领导集体与共和国经济实录》王瑞璞主编 中国经济出版社

《改革开放搞活一百例》《北京日报》总编室编 北京日报出版社